Chiara und die alte Abtei

D1678038

Über das Buch:

Es ist einer der heißesten Sommer, als sich Chiara bei der Arbeit auf dem Weingut ihrer Eltern nach Abkühlung sehnt. Ein vermeintlich einfacher Auftrag für sie als Architektin scheint genau das zu versprechen. Eine alte Abtei, ganz im Süden Italiens, soll unter Denkmalschutz gestellt werden. Lorenzo, ihr ehemaliger Professor, bittet sie, die alten Pläne zu überarbeiten. So reist Chiara in das kleine Dorf Coresi in den Hügeln über dem Meer, ganz unten am Ende des Stiefels. Doch weder die alte Abtei noch der versprochene kleine See dort, entpuppen sich als leichte Herausforderung. Viele alte Geschichten, die sich um die Ruine ranken, skurrile Begegnungen aller Art mit den Dorfbewohnern, versteckte Warnungen, dubiose Bauunternehmer, zwielichtige Gemeinderatsmitglieder, all das verschleiert das eigentliche Geheimnis der alten Abtei. Chiara benötigt ihre gesamte Kombinationsgabe, um die einzelnen Handlungsstränge zu entwirren und den alten Mauern Schritt für Schritt die wahre Geschichte zu entlocken.

Wie immer hilft ihr dabei ihre Gabe, sich, egal wo, schnell ein Netzwerk an Freunden aufzubauen, nebenbei die besten Lokale der Region aufzuspüren und bei dem einen oder anderen Glas Rotwein einen kühlen Kopf zu bewahren.

Und auch wenn ihr Temperament sie so manches Mal die Abtei verdammen läßt, so setzt sie doch schließlich alles daran, die historischen Mauern vor dem drohenden Abriss zu retten.

Spannend, gelegentlich leicht gruselig, aber auch heiter und unbeschwert, ist dieses Buch ein äußerst charmanter Begleiter für ein paar sehr vergnügliche Lesestunden. Denn Chiaras größtes Ziel bei der ganzen Unternehmung ist es, rechtzeitig zu den August- ferien wieder zurück an „ihrem" Strand zu sein.

Heiße Tage, laue Nächte, kühler Wein. Lassen Sie sich einfangen, egal wo Sie das Buch lesen, der unbeschwerte Genuss eines südlichen Sommers ist auf jeden Fall garantiert.

Chiara und die alte Abtei

von

Chiara Ravenna

Chiara und die alte Abtei
von Chiara Ravenna

2. Auflage 2018
Coverfoto: © Anna Biancoloto / shutterstock.com
Gestaltung: Alexander Kopainski (Kopainski
Artwork)
Copyright © 2017 CK Agenzia Letteraria
Herausgeber: CKAL, D-10623 Berlin

Chiara Ravenna im Internet:
Twitter: @iLadyi
Blog: ladyitaly.com
Foursquare: Chiara Ravenna
E-Mail: chiara-ravenna@libero.it
google+: google.com/+ChiaraRavenna
FB: facebook.com/Chiara.Ravenna.Italien

Vorwort der Autorin

Buon dì, guten Tag,

schön, dass Sie hier sind! Bevor Sie mich ganz in den Süden Italiens zur alten Abtei begleiten, kurz ein paar erklärende Worte. Die alte Abtei gibt es wirklich, so wie auch noch viele weitere, die, zum Teil nicht mehr in Betrieb, langsam dem Verfall preisgegeben sind.

Das vorliegende Buch ist diesmal keine Fortsetzung meiner Biografie, sondern will vielmehr, losgelöst von biografischen Abläufen, einfach nur ein Begleiter sein, ein Lesebuch quasi, für einen heißen Strandtag mit einem erfrischenden Drink genauso wie für den verregneten Herbstnachmittag auf der Couch mit einer heißen Schokolade oder einem wärmenden Glas Rotwein. Im Rahmen der oft zitierten schriftstellerischen Freiheit habe ich mir erlaubt, die von mir erlebte Geschichte etwas auszuschmücken. Doch auch wenn ich die Namen der vorkommenden Personen abgeändert habe, glauben Sie mir, die teils skurrilen, oft charmanten, gelegentlich gefährlichen, aber letztlich immer liebenswerten Charaktere finden sich in jedem Dorf, ob es nun Coresi heißt, wie in meinem Buch, oder wie auch immer.

So würde ich mich freuen, wenn Sie sich einfach von der Handlung einfangen lassen und ein paar schöne Stunden beim Lesen verleben.

Am Ende des Buchs habe ich noch einen Anhang gesetzt, der eventuell für den einen oder anderen hilfreich ist, wenn er das nächste Mal irgendwo in

Italien ein kleines, verstecktes Lokal entdeckt, in das man sich vielleicht sonst nicht so ohne Weiteres hineingetraut hätte. Wagen Sie es! Mit dieser Anleitung werden Sie als Vollblut-Italiener durchgehen.

Ich würde mich sehr freuen, wenn Sie mir weiterhin gewogen bleiben. Falls Sie möchten, erfahren Sie in diversen sozialen Netzwerken oder in meinem Blog auch immer den „aktuellen Stand" meiner Arbeiten und von allerlei kleinen und großen Erlebnissen im Alltag. Die Adressen dazu finden Sie ganz vorne, im Impressum.

Ihre

Chiara Ravenna

Prolog

Es war einer der heißesten Sommer, an den ich mich erinnern konnte, in diesem Juli in der Emilia Romagna. Wir kämpften seit Wochen gegen die Hitze und das knapp gewordene Wasser auf unserem Weingut. Unsere Felder bestanden nur noch aus großen steinharten Erdklumpen und die Böden waren von der langen Trockenheit aufgerissen und nicht mehr nutzbar. Über dem ganzen Landstrich lag inzwischen eine dicke Staubschicht, die der laue Wind jeden Tag neu arrangierte. Die Alten aus dem Dorf waren alle abgestellt worden, die Gegend auf Feuer zu beobachten. So saßen sie jeden Tag stoisch irgendwo auf erhöhten Plätzen und starrten in die Landschaft, bei dem Versuch, die Staubwolken von Brandherden zu unterscheiden. Abends schlurften sie dann, völlig erledigt von der gnadenlosen Hitze, in die Bar, um sich bei einem Glas Wein und ein paar Zigaretten mit den anderen auszutauschen.

Es war aussichtslos geworden, das Haus noch etwas kühl zu bekommen. Auch nachts fielen die Temperaturen niemals mehr unter dreißig Grad, so machte es keinen Unterschied, wann man ein Fenster öffnete oder sich hinter den Fensterläden verbarrikadierte. Wir hatten unsere Felder längst aufgegeben für diese Saison. Unser einziges Interesse galt nur noch dem Wein und den Tieren, für die wir regelmäßig den Wassertanklaster kommen ließen, der gegen horrende Bezahlung das lebensnotwendige Wasser von weit her aus den Bergen anlieferte.

Wir standen alle jeden Tag um vier Uhr morgens auf und beeilten uns, die Arbeit mit der ersten Dämmerung zu beginnen, bevor die Sonne jeden Tag erneut gnadenlos aus dem Meer stieg und bereits am Vormittag jede Bewegung im Freien zur Qual machte.

Wenn man aus den Hügeln, in denen unser Haus lag, in die Ferne blickte, sah man, wie die erhitzte Luft überall flirrte. Aus dem Meer stieg bereits vor dem Mittagessen eine Dunstwolke auf, das Wasser war so warm, dass es keinerlei Abkühlung mehr brachte, darin zu schwimmen. In der Luft lag der unvergleichliche Duft des Südens, nach sonnenverbranntem Gras, das überall nur noch gelb war. Seine vertrockneten Wurzeln gaben der Erde keinen Halt mehr und der Wind trug jeden Tag eine Schicht mehr davon ab.

Es war heiß, in diesem Sommer, und ich sehnte mich nach einem Ort, der einem etwas Schutz bot, an dem man nachts wieder einmal schlafen konnte, ohne das Gefühl zu haben zu verkochen. Manchmal blickte ich in die Berge, in die schroffen Gipfel des Apennin, die sich scharf im Westen abzeichneten, und die hoch genug waren, um der Hitze zu trotzen. Und ich hatte keine Ahnung, dass ich schon sehr bald dort landen würde, um eines meiner aufregendsten Erlebnisse zu haben, das mir, auch ohne Hitzewelle, den einen oder anderen Schweißausbruch bescheren sollte.

Kapitel 1

1.

Es war fast zehn Uhr vormittags und ich schleppte mich von den Weinbergen zurück zum Haus. Mein T-Shirt klebte unangenehm auf der Haut, meine nackten Beine waren bis zu den Knien mit einer dicken Schicht Staub bedeckt. Ich hielt beim Gehen mit einer Hand meinen Pferdeschwanz hoch in die Luft, weil mein Nacken kochte. Wir hatten schon um vier Uhr mit der Arbeit begonnen, anfangs noch im Scheinwerferlicht der Traktoren, um möglichst viel zu erledigen. Die zwei Flaschen Wasser, die ich dabei gehabt hatte, waren bereits nach einer Stunde leer gewesen und so setzte ich jetzt, müde und ausgelaugt, stoisch einen Fuß vor den anderen und wollte nur noch aus der Sonne kommen.

Vor der Haustüre hing ein Vorhang, der im Sommer die warme Luft abhält, ins Haus zu gelangen, und als ich ihn beiseite schob, mussten sich meine Augen erst an das dämmrige Licht in der Küche gewöhnen. Alle Fensterläden waren halb angeklappt und nur eine kleine Lampe über dem Ofen war angeschaltet. Ich schlurfte zum Herd, um mir einen caffè zu kochen, aber der Gedanke an die Hitze, die dabei entstehen würde, ließ mich schaudern und so ging ich zum Kühlschrank und trank eine Flasche Wasser, ohne abzusetzen. Danach schenkte ich mir ein Glas Weißwein ein. Der Wein war so kalt, dass die Luft sofort außen am Glas kondensierte und ich drückte das kühle Gefäß dankbar an meine Stirn. Die anderen waren noch etwas draußen geblieben und Mamma vermutlich irgendwo im Haus unterwegs, und ich genoss die Ruhe. Mit leicht unruhigen Fingern zündete ich mir eine Zigarette an. Ich hatte im Freien nicht geraucht, alles war so trocken, dass der kleinste Funke genügte, einen großen Brand auszulösen. Und wie jedes Jahr gab es genug Idioten, die bei diesem Wetter ihre Kippen einfach aus dem Autofenster warfen, ohne sich bewusst zu sein, was für Schäden sie damit anrichten konnten. Ich zog gerade den Rauch genießerisch tief ein und seufzte, während ich das Glas für den ersten bedächtigen Schluck anhob, als das Klingeln des Telefons die Stille im Haus zerriss. Eigentlich war ich viel zu kaputt, um aufzustehen und das Gespräch anzunehmen, und so ließ ich es sehr lange läuten, bis ich mich doch aufraffen konnte, in die Diele zu gehen und ein kraftloses »Pronto?« in den Hörer zu hauchen.

»Guten Tag. Hier ist Lorenzo Rossi. Kann ich bitte Chiara Ravenna sprechen?«
»Ciao, Lorenzo, ich bin dran.«
»Ah, Chiara, ciao, wie geht es dir?«

Lorenzo Rossi war mein Dozent an der Uni gewesen. Wir hatten uns allerdings schon lange vorher kennengelernt. Er war im Hauptberuf Ingenieur und hatte eine Firma hier im Ort, die sich mit allen Arten von Baumaßnahmen befasste. Ich hatte ihn eines Tages dabei beobachtet, wie er in einer alten, verfallenen Ruine am Straßenrand herumgeklettert war und, neugierig wie ich bin, waren wir ins Gespräch gekommen. Er erklärte mir damals, dass er den Auftrag hatte, dieses Haus komplett zu restaurieren und lud mich ein, ihm zu helfen, die ersten Vermessungsarbeiten vorzunehmen. Es war ein herrlicher Nachmittag geworden. Wir waren stundenlang damit beschäftigt gewesen, alle Maße aufzunehmen, Skizzen und Notizen anzufertigen und das vorhandene Material zu untersuchen. Er hatte mir gezeigt, wie man sich in diesen halb verfallenen Häusern sicher bewegt, wo man hintreten darf und wo man durchbrechen und abstürzen würde, denn die Böden waren nach vielen Jahrzehnten nicht mehr stabil. Er hatte meine Liebe zu diesen alten Häusern geweckt, und als ich in den folgenden Monaten sah, wie aus einem Steinhaufen wieder ein ansehnlicher Landsitz wurde, bei dem ganz behutsam alle alten Materialien wiederverwendet wurden, war mir klar, dass das genau das wäre, was mir auch Spaß machen würde. Ich hatte während der Schule schon begonnen, in seinem Büro ein wenig nebenbei zu arbeiten, und als ich meinen Abschluss hatte, entschied ich mich für ein technisches Studium und wurde Geometra. Ein Geometer war früher ein Landvermesser. Heute sind wir eher eine Mischung aus Architekt und Bautechniker. Wir erstellen Planungen für Häuser, kalkulieren die Arbeiten und überwachen die Bauausführung. Mich hatten jedoch von Anfang an nur die alten Ruinen interessiert. Diese alten Mauern, die Geschichten aus zum Teil mehreren hundert Jahren zu erzählen wussten. Die irgendwann, wenn der letzte ihrer Bewohner verstarb, einfach aufgegeben wurden, teils missbraucht als Futtersilo oder Unterstand für Traktoren oder gar Unrat. Und dann das Glücksgefühl, wenn sie einen neuen Besitzer fanden, der sie wieder herrichten ließ. Ich liebte meinen Beruf, und mit Lorenzo hatte sich eine gute Freundschaft entwickelt, denn er mochte von Anfang an meine behutsame, fast liebevolle Art, wie ich mit diesen alten Häusern umging.

Wir hatten schon länger nichts voneinander gehört und ich war überrascht, dass er mich jetzt hier auf unserem Hof anrief. Ich war zu erschöpft und so war mir das übliche endlose Geplänkel, das so typisch für uns Italiener ist, heute zu viel und ich kam schnell auf den Punkt, indem ich ihn einfach unterbrach und rundheraus fragte, warum er anrief.

»Ja, Chiara, die Sache ist die. Ich habe da einen Auftrag im Süden, ein kleiner Ort. Du wirst ihn nicht kennen, er ist winzig und …«
»Lorenzo, sei mir nicht böse, ich bin seit Stunden auf den Feldern gewesen. Sag mir einfach, worum es geht, bevor ich umkippe.«
Natürlich war das extrem unhöflich. Aber ich kannte Lorenzo, wenn man ihn reden ließ, musste man ein paar Stunden Zeit haben. Und er kannte mich und vor allem meine Ungeduld, und so lachte er nur kurz und fuhr fort:
»Dort, in der Nähe dieses Dorfes, gibt es eine alte Abtei. Die Gemeinde überlegt, ob sie unter Denkmalschutz gestellt werden soll. Wegen der Fördermittel, du verstehst?«
Ich nickte müde, wurde mir dann bewusst, dass er das nicht sehen konnte und murmelte ein »Ja« in den Hörer.
»Nun, meine Firma hat den Zuschlag bekommen, die gesamte Abtei zu vermessen, die alten Pläne zu überarbeiten und eine Expertise über den Zustand anzufertigen.«
»Das ist … toll«, hauchte ich matt.
»Ja, Chiara, das ist ein großer Auftrag. Er wird gut bezahlt. Ich habe nur ein Problem. Der einzige meiner Leute, den ich zurzeit entbehren kann, ist verhindert.

Er hat sich den Fuß verstaucht. Er kann unmöglich hinfahren.«

»Aha«, sagte ich wenig enthusiastisch. Gleichzeitig überlegte ich, wie ich von der Diele schnell an den Tisch mit dem Wein und meinen Zigaretten kommen könnte. Die Telefonschnur war zu kurz und ich verfluchte mich dafür, dass ich überhaupt rangegangen war.

»Ja, Chiara, deshalb wollte ich dich bitten einzuspringen. Es ist eine schöne Arbeit und ich kann dich auch gut dafür bezahlen.«

Verdammt! Ich überlegte fieberhaft, wie ich aus der Nummer rauskommen könnte. Eine ganze Abtei vermessen, sich mit uralten, vermutlich katastrophal falschen Bauplänen herumärgern, und das bei dieser Hitze. Nein, dazu hatte ich wirklich keine Lust. Ich war noch in Gedanken, als Lorenzo fortfuhr:

»Das Dorf ist unten im Süden, es liegt in den Hügeln, die Abtei ist nochmal ein ganzes Stück höher in den Bergen. Es liegt wirklich schön, es gibt sogar einen kleinen See dort.

Ich wollte gerade ansetzen, ihm irgendetwas zu erzählen, warum ich keine Zeit hätte, sein Angebot anzunehmen, als mir seine Worte plötzlich erst richtig bewusst wurden. Eine Abtei, die »fast in den Bergen« liegt und »ein kleiner See«, das klang nach etwas Abkühlung. Ich erinnerte mich daran, wie oft ich in den letzten Wochen sehnsüchtig an die angenehme Kühle in den Bergen gedacht hatte. Ich würde aus dieser Gluthitze hier herauskommen und ich hatte jetzt, so kurz vor dem Sommer, ohnehin keine nennenswerten Aufträge mehr. Ein kleiner Zusatzverdienst käme da gerade recht und würde mir einen entspannten und erholsamen, langen Sommer unten am Meer sichern.

Und so fragte ich ihn stattdessen: »Wie lange, denkst du, werde ich brauchen?«

»Oh, du bist rechtzeitig zu den Augustferien zurück.«

»Und wann soll ich fahren?«

»Wie wärs mit morgen?«

Morgen war zu knapp, aber wir verabredeten, dass ich am nächsten Tag in sein Büro kommen würde, um die Einzelheiten zu besprechen, um dann ein paar Tage später loszufahren.

2.

Die Hitzewelle tobte weiter und so entschied ich mich, die Nacht durchzufahren, denn die Klimaanlage in meinem kleinen Fiat kam bei diesen Temperaturen schnell an ihre Grenzen, und mit offenem Verdeck zu fahren, war in der prallen Sonne längst kein Vergnügen mehr. Ich hatte am Nachmittag etwas geschlafen und startete gegen neunzehn Uhr, als die Sonne langsam im Westen hinter den Gipfeln der Berge verschwand und die Schatten begannen, länger zu werden. Solange es noch etwas hell war, würde ich die Küstenstraße nehmen, um dann gegen zehn ein gemütliches Abendessen am Meer zu genießen. Danach konnte ich auf die Autobahn wechseln und Kilometer gut machen, um rechtzeitig zum Frühstück in Coresi zu sein.

Jetzt, am Abend, war die Fahrt im offenen Auto am Meer entlang herrlich. Die laue Luft duftete nach Sommer und der Blick auf die Küste war stellenweise atemberaubend. Die Nacht brach herein und ich begann, auf Restaurants am Weg zu achten, und als ich durch einen kleinen Ort kam, in dem die Straße fast direkt am Meer entlang führte, entdeckte ich ein kleines Lokal, das mir gefiel, und ich steuerte den Parkplatz an.

Drinnen gab es nur einige wenige Plätze, die alle leer waren, denn natürlich wollte jeder draußen sitzen, mit Blick aufs Wasser. Ich bekam den letzten freien Tisch und lehnte mich entspannt zurück. Man konnte von der Terrasse aus die ganze Küste entlang blicken. Und dieser Blick war ein Traum! Die Lichter reihten sich endlos in die Ferne und zeichneten den Verlauf des Ufers nach. Irgendwo an einem Landvorsprung blinkte regelmäßig ein Leuchtturm auf. Da ich noch eine weite Fahrt vor mit hatte, begnügte ich mich mit einem Viertel Liter Wein, den ich ausnahmsweise mit viel Mineralwasser streckte, damit er von der genialen Vorspeise, Spaghetti mit Venusmuscheln, über den Hauptgang, gegrillten Fisch, bis zum Nachtisch reichte. Statt, wie üblich, einen caffè und einen Limoncello, nahm ich zweimal caffè, um für den Rest der Nacht fit zu bleiben. Natürlich hatte das Abendessen viel länger gedauert als geplant, aber ich nahm mir trotzdem noch die Zeit für einen kleinen Spaziergang am Strand, bis ich mich dann endlich aufraffte, weiterzufahren.

Es war immer noch warm, aber der Fahrtwind kühlte nun schon merklich ab, und als ich auf die Autobahn fuhr, schloss ich das Verdeck, drehte das Radio laut und gab Gas.

Die Fahrt verlief erwartungsgemäß stinklangweilig. Ich bin nicht gerne auf der Autobahn, ich fahre lieber gemütlich auf einer Landstraße und schaue mir die Gegend an. Außer einem schnellen Tankstopp und ein paar caffè, die ich mir unterwegs gönnte, gab es nicht viel zu tun, nur in die Dunkelheit starren und die endlosen Kilometer abspulen, um endlich anzukommen. Die Morgendämmerung kam früh und irgendwann riss mich das Navi mit der erfreulichen Mitteilung, ich solle die nächste Ausfahrt nehmen, aus meinen Gedanken.

Ich war schon oft so weit unten im Süden unterwegs gewesen, aber diese Ecke hier kannte ich noch nicht und so folgte ich einfach weiter den Anweisungen, die das Gerät mir gab. Wenn man die Küste verlässt, beginnen fast überall die ersten Hügelketten, die sich dann langsam zu den höheren Bergen hin aufbauen. Und diese Hügelketten sind durchzogen mit kleinen, meist ziemlich ramponierten Straßen. Oft findet man sich dann auch auf Kiesstraßen wieder, den sogenannten „strade bianche", den weißen Straßen. Sie sind viel widerstandsfähiger als Teerstraßen, weil sie in der Gluthitze nicht aufweichen und dann von Lastwagen oder Traktoren beschädigt werden können. Leider führen diese kleinen Wege, die das gesamte Hinterland wie Adern durchziehen, oft auch einfach ins Nichts. Kennt man sich aus, ist das kein Problem. Ansonsten kommt man meist auch gar nicht auf die Idee, diese Straßen zu nehmen, die meist in keiner Karte zu finden sind. Dank modernster Satellitentechnik jedoch, wurden sie in letzter Zeit in die meisten Navigationsgeräte aufgenommen. Und was auf einer Kartographie befahrbar aussehen mag, ist es in der Praxis oft nicht. So dauerte es gar nicht lange, bis mich das Navi das erste Mal auf eine dieser Straßen führte, die nach ein paar Kilometern erst in einen Feldweg überging und dann plötzlich an einem riesigen Krater endete. Es gab keine Wendemöglichkeit und so musste ich, heftig fluchend, fast zwei Kilometer rückwärts fahren, bis ich wieder auf meiner ursprünglichen Route landete. Das passierte mir noch zweimal und als schließlich stolz »Sie haben Ihr Ziel erreicht« aus dem Gerät krächzte, stand ich mit meinem Wagen vor einem ausgetrockneten Flussbett im Nirgendwo. Ich schaltete das Teil fluchend ab und fuhr ziellos durch die Gegend, bis ich ein Straßenschild fand, das mehrere Orte anzeigte. Dann suchte ich ganz altmodisch auf einer Landkarte meine ungefähre Position und fuhr einfach in die Richtung, in der in etwa Coresi liegen musste.

3.

Irgendwann kam tatsächlich die richtige Abzweigung, mit der wie üblich völlig untertriebenen Entfernungsangabe, und ich schraubte mich über eine enge Serpentinenstraße langsam immer höher in die Hügel, bis ich schließlich die letzte, mit Kopfstein gepflasterte Zufahrt zum historischen Zentrum des kleinen Dorfs erreichte. Klassisch musste man durch einen extrem engen Torbogen fahren, und ich war froh, den Fiat genommen zu haben, der gerade so durchpasste. Nach dem Tor öffnete sich die wundervolle Piazza. Ich war entzückt. Coresi war eines dieser alten Dörfer in den Hügeln, in denen die Zeit still gestanden ist. Die klassische Piazza, eine Bar, die Kirche und, wie immer eine ganze Achse des Platzes einnehmend, das Rathaus mit der Gemeindeverwaltung und den üblichen Flaggen links und rechts vom Eingang.

Ich ließ den Wagen ausrollen, parkte direkt im absoluten Halteverbot und stieg aus. Es war gerade kurz nach sieben Uhr, aber schon jetzt spürte man, dass der Tag wieder heiß werden würde. Der Ort lag noch im Tiefschlaf, niemand war zu sehen, außer einer alten Frau mit Kopftuch und dicker schwarzer, langer Kleidung, die über die Piazza zum Eingang der Kirche schlurfte. Ich schob meine Sonnenbrille ins Haar, drehte mich einmal im Kreis, um den gesamten Platz in mich aufzunehmen, und steuerte dann die Bar an, um ein vernünftiges Frühstück zu bekommen, bevor ich mich um meine Unterkunft kümmern würde.

In der Bar war es dämmrig und ich brauchte einen Moment, bis sich meine Augen daran gewöhnt hatten, und ich etwas erkennen konnte. Nun ist eine Bar bei uns nicht, wie der Name eigentlich vermuten lässt, eine klassische Bar, in der man abends ein alkoholisches Getränk zu sich nimmt, sondern eher eine Mischung aus Kiosk, Bistro und Kaffeehaus. Man kommt morgens auf ein italienisches Frühstück vorbei, den caffè, also Espresso, oder auch einen Cappuccino, dazu ein Hörnchen, liest kurz in den ausliegenden Zeitungen und ist so ruck zuck einsatzbereit für den Tag. Am frühen Vormittag bekommt man nochmals eine kleine Koffeinstärkung, um dann etwas später den für uns so wichtigen Aperitivo einzunehmen. Das ist ein kleines Glas Wein und dazu ein paar Snacks, wie Käse, Oliven, etwas Salami, um die Zeit bis zum Mittagessen zu überbrücken. Erfreulicherweise ist zweimal am Tag Aperitivo-Zeit, denn auch am Nachmittag holt man sich nochmals diese kleine Stärkung und hält so locker bis zum bei uns späten Abendessen durch. Dazu kann man hier Zigaretten kaufen, Lotto spielen, findet eine große Auswahl an Schokoriegeln und allerlei Getränken zum Mitnehmen. Menschen, die es tatsächlich über sich bringen, ein ausgiebiges Mittagessen ausfallen zu lassen, können sogar ihren Hunger mit einem Tramezzino (Sandwich) stillen. Und natürlich erfährt man hier den neuesten Klatsch, denn der Barista bekommt den ganzen Tag über alles mit, was sich seine Gäste so erzählen.

Diese Bar gefiel mir sofort. Ich mag den etwas alten, schweren Einrichtungsstil, mit dunklem, glänzendem Holz, schweren Ledersesseln und einer großen, den halben Raum einnehmenden Bartheke, besonders gerne. An einem Tisch saßen ein paar alte Männer, die Karten spielten und jetzt schon auf die Uhr schielten, wann es endlich spät genug für ein erstes Glas Wein wäre. Auch das gehört quasi zum Standardbild in jeder Bar, überall in Italien. Als ich eintrat, blickten sie interessiert auf, in solche Dörfer kommen selten Fremde, man kennt sich, und ein neues Gesicht wird natürlich sofort registriert. Ich nickte ihnen kurz zu, ging an die Bar und bestellte mir einen Cappuccino und nahm mir aus der Vitrine ein Hörnchen. Der Barista schob mir die dampfende Tasse herüber, nickte ebenfalls kurz und polierte dann seine monströse Kaffeemaschine weiter.

Die Nacht ohne Schlaf machte sich mit einem Schlag bemerkbar und mir wurde leicht schwindlig. Ich war plötzlich so müde, dass ich mich nur noch nach einem Bett sehnte. Ich legte ein paar Münzen auf den Tresen, nickte kurz zum Abschied und schleppte mich nach draußen. Die Sonne war inzwischen über die Häuser gestiegen und es wurde merklich warm. Ein Polizist stand an meinem Auto und schrieb mir einen Strafzettel aus, aber auch für diese Diskussion war ich jetzt zu kaputt und so ging ich unbeteiligt einfach weiter, in Richtung des Eingangs vom Rathaus.

Dort fragte ich mich nach dem zuständigen Büro durch und landete, nachdem man mich zweimal völlig falsch geschickt hatte, irgendwann endlich bei dem Sachbearbeiter, den mir Lorenzo als Ansprechpartner genannt hatte.
Ignazio Benedetti saß missmutig hinter seinem Schreibtisch und funkelte mich böse an, als ich eintrat. Ich hatte mehrmals geklopft, aber als ich keine Antwort bekam, schließlich einfach die Türe geöffnet.
»Signor Benedetti? Guten Morgen, ich bin Chiara Ravenna. Der Ingenieur Lorenzo Rossi hat mir gesagt …«, ich brach ab, weil er die Hand gehoben hatte.
»Ja, ich weiß Bescheid«, sagte er schließlich. »Dieser ganze Unsinn«, setzte er nach einer Weile noch dazu.
Ich blickte ihn verdutzt an. Scheißlaune kann ich so früh am Tag gar nicht leiden, schon gar nicht bei anderen.
»Ja, wie auch immer. Man hat mir gesagt, Sie würden mir die Pläne geben und alles zeigen.«
Er nickte, immer noch mürrisch, und deutete mit dem Kinn in Richtung Fensterbrett. Dort stapelten sich Hängemappen, Ordner und allerlei anderes Papier.
»Hier, ich hab alles rausgesucht, was wir haben. Bedienen Sie sich.«

Ich hätte tausend Fragen gehabt, aber mir war die Lust vergangen, ich brauchte ein Bett und musste raus aus dieser verstaubten Amtsstube. Also lud ich mir sämtliche Unterlagen auf die Arme und stakste damit wieder die Treppen runter und schmiss dann einfach alles auf den Beifahrersitz meines Wagens. Eigentlich hatte ich mich bei diesem Herrn Benedetti auch nach einem vernünftigen Hotel hier in der Nähe erkundigen wollen, doch er war so unfreundlich gewesen, dass er mir vermutlich aus Fleiß irgendeine besonders miese Absteige empfohlen hätte.

4.

Aber es gab ja noch die Bar. Und ich war jetzt reif für ein Glas Wein und bei der Gelegenheit würde ich mir eben hier sagen lassen, wo ich ein Zimmer mieten konnte.

Da ich nun schon zum zweiten Mal herkam, und das auch noch am selben Tag, hatte ich automatisch Stammkunden-Rang erreicht und wurde diesmal mit einem Lächeln und einem deutlichen »Guten Tag« begrüßt. Ich lehnte mich wieder an die Theke, bestellte mir ein Glas Weißwein und bekam die üblichen Aperitivo-Snacks mit dazu.

Der Wein war gut und versöhnte mich wieder nach dem grässlichen Erlebnis gerade eben, ich lächelte vor mich hin und als der Barista sich mir zuwandte, sprach ich ihn an:

»Ich bin eine Weile in der Gegend, so drei, vielleicht vier Wochen, kennen Sie ein gutes Hotel, möglichst in der Nähe?«

Er lächelte zurück, offen und sympathisch. Er war schätzungsweise um die fünfzig, vielleicht etwas älter. Seine Haare wurden schon ziemlich dünn, aber noch trug er im Nacken einen kleinen Pferde-schwanz. Er war groß und drahtig, so als hätte er viel Sport gemacht in seinem Leben.

»Sind Sie wegen der Abtei hier?«

Wow. Das war ja wirklich ein Kaff, wenn selbst so etwas Uninteressantes wie die Vermessung einer alten Ruine die Runde gemacht hatte.

Ich nickte: »Ja, ich bin Chiara Ravenna, ich mache die Vermessungsarbeiten.«

»Sind Sie aus dem Norden?«, fragte er dann. Klar, ich hatte ganz vergessen, dass ich ja unten, fast am südlichsten Zipfel war und die alte Rivalität, Nord- gegen Süditalien, wurde hier genau so intensiv aus- gelebt wie oben in Mailand oder Turin.

»Ich bin aus der Gegend von Ravenna«, das war zumindest schon mal Mittelitalien, galt hier unten aber trotzdem schon als höchster Norden. »Mein Papa ist Sizilianer«, schob ich deshalb sicherheits- halber noch hinterher. Das konnte zwar auch wieder schiefgehen, weil wir hier eben nicht auf Sizilien waren, aber nun.

Er musterte mich kurz, aber nicht unhöflich, dann streckte er die Hand aus: »Francesco, herzlich will- kommen.«

Ah, es gab also noch Leute hier, die mich will- kommen hießen und nicht angifteten. Ich ergriff seine Hand, und sein Händedruck zerquetschte mir fast die Knochen, er war wirklich gewohnt zuzupacken.

»Chiara«, erwiderte ich nochmals und es war klar, dass wir das „Sie" ab jetzt weglassen würden.

Wir plauderten noch eine Weile und da ich jetzt ja Stammkundin war, wurde auch sehr schnell der Aschenbecher auf den Tresen gestellt, und, während das gesetzlich vorgeschriebene Schild über uns genau erläuterte, welche drastischen Strafen einen er- warteten, wenn man es wagen sollte, hier zu rauchen, qualmten wir genüsslich und ich vergaß völlig die Zeit.

Schließlich fragte ich ihn nochmals nach einer Unterkunft und nun zeigte sich, wie wichtig jede Art von Beziehungen ist. Ich war bereits in dieser knappen Stunde Teil eines großen Netzwerks geworden, das sofort für mich zu arbeiten begann. Er zückte sein Handy, wählte eine Nummer, sprach kurz ein paar Sätze, wobei er in den Dialekt der Gegend verfiel, so dass ich fast kein Wort verstand, und schließlich nickte er und legte auf.

Er grinste mich an. »Du hast eine Wohnung, hier im Dorf.«
Ich schaute gerade noch etwas perplex, als bereits eine ältere Dame die Bar betrat. Sie hatte die Haare frisch gemacht, trug ein halbes Dutzend Perlenketten um den fast nicht mehr vorhandenen Hals und war gekleidet, als würde sie gleich im Anschluss einen Termin beim Bürgermeister wahrnehmen. Mindestens beim Bürgermeister. Eine echte Signora, mit Stil und der Würde einer Königin.

Francesco war um den Tresen herumgekommen, küsste die Signora auf beide Wangen, beeilte sich dann ihr einen kleinen Likör einzuschenken, während er uns gleichzeitig bekannt machte. Ferrandina Palumbo, so hieß die Signora - ich nannte sie insgeheim jedoch schon „Contessa" - besaß eine Wohnung hier im Ort, die sie an Urlauber vermietete. Und da es hier fast nie Urlauber gab, war die Wohnung frei und ich musste nicht in ein Hotel.

5.

Die untergehende Sonne tauchte das Zimmer in ein diffuses Licht und warf lange Schatten an die Wände. Über meinem Bett drehte sich träge ein riesiger Ventilator und versuchte, die warme Luft in eine kühlende Brise zu verwandeln - was ihm aber nicht gelang. Ich lag nackt und ohne Zudecke auf dem Bett und bemühte mich, den Nebel aus meinem Kopf zu bekommen.

Nachdem mir Signora Palumbo in der Bar ein paar Fragen gestellt hatte und ich ja bereits Stammkundin und Teil meines neuen Netzwerkes war, hatte sie mir ohne Weiteres ihre Wohnung anvertraut. Praktischerweise war der Eingang gleich in einer Nebenstraße der Piazza und so musste ich nicht einmal mein Auto umparken, sondern konnte meine Sachen einfach direkt in die neue Unterkunft schaffen. Das Haus war einer der ehemaligen Palazzi, die ringsum die Piazza säumten. Die Wohnung lag im obersten Stockwerk und bei der Restaurierung des Gebäudes hatte man auch einen Lift eingebaut. Allerdings war das wohl schon ein paar Jahre her, denn es handelte sich um einen dieser alten Fahrstühle, die man durch eine Gittertüre betritt und die eigentliche Kabine nur mit einem Flügel aus Holz, ähnlich einer Schranktüre, verschließt. Die uralten Knöpfe wirkten auf mich genauso wenig vertrauenserweckend wie der ausgetretene Boden und die hakeligen Türkontakte, die erst nach zigmaligem Öffnen und Schließen funktionierten und die Fahrt endlich freigaben. Ich hatte mich nicht getraut, ihn zu benutzen, und nur meine

Sachen eingeladen und sie alleine auf die Fahrt in den fünften Stock geschickt.

Die Wohnung war absolut umwerfend. Die Böden waren mit altem Steinzeug gefliest, das man früher so gerne verwendet hatte. Die Räume waren weit über vier Meter hoch und hatten wunderbare Stuckaturen an den Decken. In fast jedem Zimmer hing ein Kronleuchter und die Zimmertüren waren allesamt zweiflügelig, so wie es früher in diesen Herrschafts- wohnungen üblich gewesen ist. Im Hauptschlaf- zimmer stand ein überdimensionales Himmelbett mit einer Überdachung aus Brokat und Seide. Aber bei dem Gedanken, was da alles an Staub und Getier auf mich herunterfallen könnte, während ich schlief, wurde mir ganz anders und ich entschied mich lieber für eines der kleineren Schlafzimmer, es gab ja immerhin vier Stück zur Auswahl. Alleine das Wohnzimmer war größer als mein gesamtes Haus, in dem ich am Meer lebe, und dazu gab es noch einen Salon und ein Esszimmer. Alle Räume waren mit Antiquitäten eingerichtet, sehr altmodisch, aber dennoch ganz bezaubernd - ich mochte so etwas gerne.

Die Bäder waren ebenfalls beeindruckend. In beiden stand eine Badewanne, und sie standen wirklich - auf Füßen, mitten im Raum - so wie das früher üblich gewesen war. Eines der Bäder war mit dunklem Marmor und schweren goldenen Armaturen eher maskulin ausgerichtet, so dass ich mich im anderen ausbreitete, das mit seinen pastellnen Farben, viel Silber und hellen Marmorfliesen wohl ehemals für die Dame des Hauses gestaltet worden war.

Das Highlight aber war die Dachterrasse. Sie war quadratisch, enorm groß und bot einen atemberaubenden Blick auf die Piazza und zwischen den anderen Bauwerken hindurch konnte man sogar bis hinunter zum Meer sehen. Ich war völlig hingerissen. Das würde mein ,,Arbeitszimmer" werden. Hier konnte ich mich abends mit einer Flasche Wein und all den Unterlagen zurückziehen und die tagsüber vermessenen Gebäudeteile in die alten Pläne übertragen.

Ich hatte meine Sachen einfach in der großen Diele fallen lassen, um mir alles anzusehen. Und dann war diese bleierne Müdigkeit über mich gekommen, nach der Fahrt in der Nacht, und ich hatte nur noch meine Kleider auf den Boden geworfen, mich auf dem Bett zusammengerollt und war sofort eingeschlafen.

6.

Nachdem ich jetzt langsam wieder zu mir kam, brauchte ich zwei Dinge. Zuallererst eine größere Menge starken caffè und dann, genauso wichtig, ein ausgiebiges Abendessen, denn meine letzte echte Mahlzeit hatte ich gestern auf der Fahrt gehabt.

Die Küche war vollständig ausgestattet, nur der Kühlschrank war leer und es gab natürlich keinerlei Vorräte. Aber ich habe auf jeder Reise meine kleine Caffettiera dabei, die ich hier zwar nicht brauchen würde, und dazu auch immer eine Dose mit Espresso. In jeder italienischen Küche findet man diese praktischen Maschinen in jeder Größe, von winzig, gerade mal eine Tasse fassend, bis riesig, um auch bei größeren Gästezahlen genug für alle kochen zu können. Ich nahm die größte, füllte sie bis zum Sicherheitsventil mit Wasser, presste sorgfältig das Kaffeepulver in das Sieb, gab oben drauf einen halben Löffel, der lose dorthin gehört, um etwas Crema zu erzeugen, verschraubte die Teile sorgfältig und entzündete die Gasflamme.

Während der caffè kochte, nahm ich eine heiße Dusche und erinnerte mich dann, dass ich im Dorf ein Schild zu einem Restaurant gesehen hatte. Ich wollte heute auf keinen Fall mehr den Wagen bewegen und so würde ich einfach dieses Lokal ausprobieren.

Das Bild auf der Piazza hatte sich komplett gewandelt. Es war Samstagabend und jeder war unterwegs. Man trank ein Glas Wein vor der Bar, unterhielt sich, die Kinder bekamen ein Eis, mancher nahm einen späten Aperitivo, um sich das Abendessen zu sparen, kleine Grüppchen bildeten sich, die dann gemeinsam irgendwohin ausgehen würden.

Ich sah mir das Treiben ein wenig an, aber mein Hunger war zu groß, um mich noch lange hier aufzuhalten, und so folgte ich dem Schild, das ich am Vormittag entdeckt hatte, zum Lokal. Ich lief durch ein paar enge Straßen, bog ein paarmal ab, landete in einer Sackgasse und nahm einen neuen Anlauf. Wie immer bei uns, führten auch diese Schilder nicht dahin, wohin man eigentlich will, und meist sind sie auch noch so aufgestellt, dass man nur raten kann, in welche Richtung sie eigentlich zeigen sollen. Aber der Ort war klein und ich zu müde, um mich aufzuregen, und schließlich fand ich das Lokal am

Rande des Orts, etwas erhöht, direkt an der alten Befestigungsmauer. Es gab einen Eingang nach drinnen, der ein paar Stufen hinunter führte, und einen zweiten, der ein paar Treppen hinauf führte, zur Terrasse, die so gebaut worden war, dass man auch im Sitzen über die Stadtmauer sehen konnte. Der Blick war so wunderschön von hier. Man sah auf die sanften Hänge der Hügel hinunter und schließlich landeten die Augen an der Küste, an der gerade die ersten Lichter angingen und den Verlauf des Ufers nachzeichneten.

Da ich nicht reserviert hatte und es Samstagabend war, kam ich extra etwas früher und so waren die meisten Tische noch frei. Ich bekam einen Platz ganz außen mit optimaler Sicht und zündete mir voller Vorfreude auf das Essen eine Zigarette an.

Die Kellnerin übte schon mal für den späteren Ansturm und bewegte sich bereits jetzt nur im Laufschritt. Auf einer ihrer Touren, vorbei an meinem Tisch, legte sie kurz eine Speisekarte ab, ohne stehen zu bleiben. Ich warf einen schnellen Blick hinein. Wir waren noch nahe genug an der Küste, so hatte ich mir schon gedacht, dass es hier Fisch und Fleisch geben würde, und noch war ich mir nicht sicher, worauf ich Lust hatte.

»Zu trinken?«, riss mich die Bedienung aus meinen Gedanken. Sie schnaufte und hielt ihren Kugelschreiber im Anschlag. Sowas konnte ich gar nicht leiden. Ich mag es nicht, wenn mich jemand beim Essen hetzen will, und das gilt auch schon für die Bestellung. Ich lächelte sie an: »Was können Sie mir denn empfehlen, ich weiß noch nicht, ob ich Fisch will oder lieber Fleisch?«

Ganz kurz schien sie die Fassung zu verlieren. Dann griff sie nach der Karte, die vor mir lag, und blätterte hektisch darin herum. »Hier, das ist gut«, sagte sie dann, während sie mit ihren dicken Fingern auf drei Fleischgerichte gleichzeitig deutete.

»Aha«, ich schaute betont lange auf die Karte, »und welchen Fisch haben Sie frisch?«, fragte ich schließlich.

Jetzt gab sie auf und zog sich mit einem gemurmelten: »Moment«, zurück.

Ich lächelte still vor mich hin. Das funktionierte einfach immer. Ich habe ein besonderes Talent dafür, unmotivierte Kellner in kürzester Zeit so in den Wahnsinn zu treiben, dass sie mir den Chef an den Tisch schicken. Das mag etwas fies klingen, aber Essen ist mir wichtig, und ich weiß, dass ein Inhaber es durchaus schätzt, wenn sich ein Gast für seine Speisen interessiert und nicht einfach etwas bestellt, es dann in sich reinschaufelt und wieder geht.

Es dauerte nicht lange, dann stand ein kleiner, gemütlich aussehender Mann an meinem Tisch. »Sie hatten eine Frage zum Fisch?«

»Ja«, strahlte ich ihn an. »Ich bin zum ersten Mal hier und werde eine Weile in der Gegend sein. Welchen Fisch können Sie mir denn empfehlen?«

Er lächelte zurück. Sicher hatte ihm seine Bedienung gesagt, hier sei ein ganz schwieriger, superzickiger Gast am Start. Aber er hatte schnell begriffen, dass es mir nicht darum ging zu meckern, sondern dass ich einfach nur besonders gut essen wollte.

Er setzte sich kurz zu mir und zählte auf, was er heute an besonders guten Sachen anbieten konnte. Wir diskutierten noch ein bisschen über die Zubereitung, legten die Vorspeise fest, dann das Hauptgericht, und als er mir die Desserts nannte, waren wir längst beim Du angekommen und er hatte sich mir als Salvatore vorgestellt.

Kaum hatte er den Tisch verlassen, fühlte ich mich wie bei einem Boxenstopp der Formel 1. Von allen Seiten kamen plötzlich Kellner, deckten den Tisch ein, brachten Wasser, Wein, einen Brotkorb und umschwärmten mich, als gäbe es nichts Wichtigeres, als mich als neuen Gast zufrieden zu stellen.

Das Essen war eine Offenbarung. Die Vorspeise bestand aus Spaghetti mit verschiedensten Meeresfrüchten. Sie wurden nicht im Teller serviert, sondern in einer tiefen Pfanne, die direkt vom Ofen kam. Der Sud war so intensiv, dass ich mein Gesicht endlos darüber hielt und den Duft tief in mich einsog. Die Portion war riesig, aber ich war ausgehungert und so aß ich alles restlos auf. Das Hauptgericht war in mehrere Gänge aufgeteilt. Zuerst bekam ich kleine Tintenfische am Spieß vom Grill, danach in Olivenöl frittierte Meeresfrüchte und schließlich noch eine Seezunge, ebenfalls gegrillt. Salvatore sah regelmäßig nach mir und erkundigte sich laufend, ob alles passte, und ich nickte jedesmal glücklich mit vollem Mund und nutze die Gelegenheit, jeweils kurz auf die Weinkaraffe zu deuten, zum Zeichen, dass ich noch Nachschub bräuchte.
Ich konnte eigentlich nicht mehr, aber natürlich war das Salvatore egal, ich musste noch sein selbst gemachtes Tiramisu probieren, das er nach einem geheimen Familienrezept zubereitete, danach natürlich noch den obligatorischen caffè trinken und zu guter Letzt bekam ich den Grappa, den er nur an gute Freunde ausschenkte.

Als ich mich schließlich auf den Weg machte, satt und zufrieden, küssten wir uns auf die Wangen und ich war froh, direkt im Dorf ein Lokal gefunden zu haben, das ich ab jetzt regelmäßig besuchen konnte.

Die Piazza war noch immer recht belebt, viele waren nach dem Essen nochmal hergekommen, die ersten Grüppchen lösten sich zwar schon auf, andere nahmen aber noch einen Absacker in der Bar - und genau das hatte ich auch vor.

Francesco stand hinter seinem Tresen und nickte mir zu, als ich hereinkam. Ich ließ mich auf einen der Hocker plumpsen und bestellte mir etwas zur Verdauung.

»Gut gegessen?«, fragte er augenzwinkernd, als er mir das Glas zuschob.

»Ja, ich war bei Salvatore«, ächzte ich mühsam.

Er grinste mich an, nickte und mir wurde klar, dass die Portionen dort wohl immer so riesig waren, nicht nur heute für mich als neuen Gast.

Während ich an meinem Drink nippte, schaute ich mich ein wenig um. Fast alle Tische waren besetzt. Viele Gäste waren in lebhafte Gespräche vertieft. Manche sahen sich den Sportbericht an, der auf allen Fernsehern, die an der Decke verteilt hingen, lief. Ganz hinten, in einer dämmrigen Ecke, saßen zwei Männer, die, ähnlich wie ich, mehr Interesse an den anderen Besuchern zu haben schienen, zumindest unterhielten sie sich nicht, sondern ließen immer wieder ihre Blicke kreisen, ganz so, als würden sie auf jemanden warten. Und ich entdeckte Signor Benedetti, den mürrischen Rathausangestellten, der mir am Morgen so die Stimmung verhagelt hatte. Sein Gesichtsausdruck war unverändert. Er hatte ein kleines Glas Bier vor sich stehen und schaute noch immer sauertöpfisch in die Gegend. Er saß am anderen Ende der Bar und als sich unsere Blicke kurz trafen, nickte ich leicht, aber er gab kein Zeichen des

Erkennens zurück. Entweder erkannte er mich wirklich nicht oder er hatte Angst, ich könnte ihn wieder mit Fragen zur Abtei nerven. Wie auch immer, ich zuckte mit den Schultern, trank aus, legte ein paar Münzen auf den Tresen, lächelte Francesco zum Abschied an und machte mich auf den Weg ins Bett. Als ich die Bar verließ, nickte Ignazio Benedetti den beiden Männern, die sich immer wieder umgesehen hatten, kurz zu. Aber das sah ich nicht. Ebenso wenig sah ich die plötzlich intensiven Blicke der beiden, die sie mir nachwarfen, während ich ins Freie trat.

Ich war so vollgegessen, dass ich kaum laufen konnte, aber auch jetzt traute ich dem Fahrstuhl nicht und so schleppte ich mich die fünf Stockwerke nach oben in die Wohnung. Ich war plötzlich so müde, dass ich nicht einmal mehr das Licht anmachte. Ich öffnete nur noch ein Fenster, stellte den Ventilator an und war schon eingeschlafen, noch bevor ich mir eine bequeme Position im Bett gesucht hatte.

7.

Das Dröhnen der Kirchenglocken grub sich ganz kurz in meine Träume und dann saß ich hellwach im Bett. Es war noch sehr früh und die Glocken der Kirche gegenüber riefen zur ersten Messe an diesem Sonntag. Ich lächelte vor mich hin. Mich störte das Geläute nicht, ich war damit groß geworden, mit der Kirche im Dorf. Und solange die Glocken noch läuteten, solange noch Messen abgehalten wurden, solange lebte ein Dorf auch noch. Und das war schön. Denn es gibt viel zu viele Dörfer bei uns, in denen die Alten gestorben sind und die Jungen fortgegangen,

um anderswo Arbeit zu finden. Und diese Geister-
dörfer verfielen langsam und einsam vor sich hin.

Ich kochte mir einen starken caffè und nahm ihn mit
auf die Dachterrasse. Dort stand ich dann, genoss den
Blick bis ans Meer, sah eine Weile dem Treiben auf
der Piazza zu, den Menschen, die in ihren feinen
Sonntagsgarderoben zur Kirche kamen, und überlegte, was ich heute machen würde. Mein Auftrag,
die alte Abtei zu vermessen, begann offiziell erst
morgen und so könnte ich heute eigentlich runter ans
Meer fahren. Aber andererseits hatten diese Idee am
Wochenende natürlich auch Millionen anderer
Italiener und es würde sehr voll sein und laut - und
hier, weiter im Süden, war es noch einmal deutlich
heißer, als es bei uns schon gewesen ist. Das Meer
würde lauwarm sein und kaum Abkühlung bringen.
Und ich war viel zu gespannt, endlich die Abtei zu
sehen. Ich würde also hinauffahren, hoch in die
Hügel, mir die Abtei anschauen, den See erkunden,
den es dort angeblich gab, und mir dann irgendwo
ein schönes Lokal suchen, für ein ausgiebiges
Mittagessen. Weiter oben war es auch kühler und die
Aussicht, irgendwo an einem schattigen Plätzchen zu
Mittag zu essen, war mehr als verlockend.

Ich hatte mein Auto nicht mehr bewegt, seit ich
angekommen war, und es stand noch immer im
absoluten Halteverbot. Der zuständige Dorfpolizist
hatte scheinbar keine Lust gehabt, mehrere Strafzettel
auszustellen, sondern den einen einfach immer
wieder korrigiert. Die Summe der Strafe war mehrmals durchgestrichen und durch einen höheren
Betrag ersetzt worden. Ich warf den Zettel ins
Handschuhfach. Ich würde ihn später, wenn ich

zurückkam, wieder unter den Scheibenwischer klemmen, so zeigte ich ihm, dass ich kooperierte und er nicht mehrmals, extra für mich, ein neues Ticket ausfüllen musste. Aber der Parkplatz war einfach zu genial. Er lag fast den ganzen Tag im Schatten, die Einheimischen konnten hier nicht parken, das wäre ein Affront gegen ihren Nachbarn, der ihnen dann eine Strafe ausstellen müsste, und Fremde kamen hier ohnehin so gut wie nie her. Und ich war mir sicher, dass ich ihn bald kennenlernen würde, und dann ließe sich das mit der Strafe schon irgendwie regeln.

Ich öffnete das Verdeck, schob mir die Sonnenbrille auf die Nase und fuhr aus dem Ort hinaus. Direkt hinter dem Stadttor kam die Kreuzung. Ich zögerte nochmals kurz, ignorierte aber dann tapfer das Schild, das in Richtung Meer wies, bog stattdessen nach rechts ab und begann, mich auf den kleinen, engen Serpentinen hoch in die Hügel zu schrauben.

Kapitel 2

1.

Die Luft war, jetzt am Vormittag, noch herrlich mild und duftete nach Sommer. Diese Mischung aus sonnenverbranntem Gras und allerlei anderen Pflanzen war betörend und ich sog den Duft während der Fahrt tief in mich ein. Die ohnehin schon recht schmale Straße wurde immer enger, je höher ich kam, und mein kleiner Fiat stemmte seine Rädchen mutig in den Asphalt, als ich mich Kurve um Kurve vorankämpfte. Der Blick war atemberaubend, steil hinunter bis aufs Meer, das tiefblau und ruhig in der Sonne glitzerte, und in die andere Richtung sah man bis weit in die hohen Berge, die ganz in der Ferne in schroffe und unbewachsene, scharf gezackte Gipfel übergingen.

Ich wusste keine genaue Adresse, aber man hatte mir erklärt, wenn ich einfach immer weiter fuhr, sei mein Ziel gar nicht zu übersehen.

Ich war ungefähr eine halbe Stunde unterwegs, als die Abtei dann plötzlich auftauchte, sie lag auf einem Plateau und war viel größer, als ich sie mir vorgestellt hatte. Ich bog von meiner Straße ab und fuhr den letzten Kilometer auf einem besseren Feldweg, der nochmals steil nach oben führte, und dann war ich endlich da.

Alleine das Areal vor dem Gebäude war fast so groß wie ein Fußballfeld. »Wie ein überdimensionierter Parkplatz«, dachte ich bei mir, aber den hatte damals wohl noch keiner gebraucht, als die Abtei noch bewohnt war.

Ich stieg aus und ließ erst einmal alles auf mich wirken. Das gesamte Gebäude war in U-Form angelegt worden. Das Hauptgebäude war noch relativ gut erhalten und führte von mir weg, bis es ganz am Ende an einem Hang abschloss. Dort ging es steil nach oben, man hatte dieses Plateau hier richtiggehend waagrecht in den Berg gegraben. Vor dem Hang, vom Hauptgebäude im rechten Winkel, führte ein Säulengang als Verbindung zum zweiten großen Gebäude. Allerdings war der Freigang, mit seinen ehemals sicher schönen Säulen, fast vollständig zerstört. Ebenso der Teil, zu dem er führte. Hier standen quasi nur noch die Grundmauern, innerhalb derer sich die Steine der ehemaligen Mauern und ein paar der gewaltigen Dachbalken zu einem riesigen Schuttberg auftürmten. Dieser Teil würde schnell bearbeitet sein. Ich konnte nicht mehr tun, als einfach nur die Außenmaße aufzunehmen. Aber ich sollte mich ohnehin auf den noch recht gut erhaltenen Teil konzentrieren. So weit ich von hier sehen konnte, gab es zwei Stockwerke, vermutlich kamen dazu aber noch die Dachböden und ein paar Räume, die man in die Erde gebaut hatte, als Keller oder vielleicht auch als Archiv.

In den Unterlagen, die ich auf der Gemeinde bekommen hatte, war auch ein Schlüssel gewesen, aber ich sah gleich, dass er nicht für das Hauptportal passen konnte. Die gewaltige zweiflügelige Türe, fast schon eher ein Tor, hatte kein Schloss, und sie war mit schweren Brettern vernagelt, um Eindringlinge und Vandalen abzuhalten. Ich ging das Gebäude von außen ab und zählte dabei automatisch meine

Schritte, wie ich es immer tat, um schon mal einen ungefähren Eindruck der Flächen zu bekommen. An manchen Stellen waren Unkraut und Sträucher so dicht an den Mauern gewachsen, dass ich immer wieder einen Bogen machen musste. Ich fand ein paar weitere Türen, aber auch diese waren alle vernagelt, genau wie die Fenster, die alle mit ein paar Latten vergittert worden waren. Das war beruhigend. Denn oft werden solche Ruinen von Landstreichern genutzt, um zu übernachten, aber ich hatte auch schon ab und zu Drogenbestecke, alte Spritzen und Ähnliches gefunden, wenn diese leerstehenden Häuser nicht vernünftig gesichert waren. Ich ging zurück zu meinem Ausgangspunkt und lief nun auf der inneren Seite der Abtei entlang. Innerhalb des »U's« sah man die Überreste von ein paar Brunnen und wiederum ein paar Grundmauern, hier waren früher wohl auch noch ein paar kleinere Häuser gestanden. Auf halber Strecke fand ich endlich die Türe, zu der der Schlüssel passte, aber bevor ich ihn benutzte, lief ich noch den Rest ab, ich wollte sichergehen, dass es auch hier nirgends Einbruch-spuren gab. Es schien jedoch alles in Ordnung und so schob ich den Schlüssel in das recht neue, wohl erst vor einiger Zeit eingebaute Sicherheitsschloss und stieß die Türe auf.

2.

Ich stand direkt im ehemaligen Gebetssaal, wobei das ziemlich untertrieben war, dieser Teil glich fast schon einer echten Kirche. Es gab keine Decke, man sah bis ganz nach oben in den Dachstuhl. Rechter Hand führten einige Türen in den vorderen Teil, links sah ich eine ausgetretene Steintreppe, über die man auf eine Art Empore gelangte, von der auch wieder einige Türen abgingen. Unter der Empore war wohl der Altar gewesen, zumindest deutete ich den riesigen, tischähnlichen Marmorbrocken so. Dahinter gab es nur eine Türe, die vermutlich in die Sakristei führte. Es war absolut still hier drin. Man hörte keinerlei Geräusche von draußen, fast andächtig, wie es eben in einer Kirche sein sollte. Durch die teilweise zugenagelten Fenster kam nur spärlich Licht herein, aber meine Augen hatten sich an die Verhältnisse gewöhnt und ich konnte immer mehr Details entdecken. Die Empore würde ich mir ein anderes Mal näher ansehen, ich ging nach rechts, sah durch einige der Türen, die in Räume führten, von denen noch mehr Türen abgingen. Das war das reinste Labyrinth. Ich würde einige Zeit brauchen, den Grundriss zu kapieren, aber für einen ersten Eindruck hatte ich genug gesehen. Mein Magen fing an zu knurren und es war Zeit, ein Restaurant fürs Mittagessen zu suchen.

Ich schloss die Türe wieder sorgfältig ab und ließ das Gebäude nochmals von außen auf mich wirken. Jetzt erst sah ich, dass es sogar einen Glockenturm gab, der noch recht gut instand schien. Der Blick von dort musste phantastisch sein, vielleicht konnte ich den Zugang finden und mich auch ganz oben ein wenig umsehen.

Ich wollte gerade zum Wagen gehen, da fiel mir der See wieder ein. Ich hatte keine Ahnung, wo er sein könnte. Die einzige Möglichkeit war eigentlich hinter der Abtei, etwas weiter den Hang hinauf. Links von dem völlig verfallenen Bereich führte ein kleiner Pfad in die dicht gewachsenen Büsche. Ich sah auf die Uhr.

Es wurde langsam spät, wenn ich nicht schnell ein Lokal finden würde, könnte es knapp werden, noch in Ruhe zu essen. Aber meine Neugier siegte, und so lief ich quer durch den Innenhof und folgte dann dem kleinen Weg nach oben in den Wald. Der Pfad war zugewachsen und kaum mehr erkennbar, er wurde wohl nicht oft benutzt. Vielleicht gab es ja noch einen anderen Zugang zum See, wenn man die Straße weiter fahren würde. Ich war noch mit diesen Gedanken beschäftigt, als sich das Buschwerk lichtete und ein weiteres Plateau freigab. Hier blieb ich verzückt stehen. Den Hang hinunter konnte ich jetzt die gesamte Abtei aus der Vogelperspektive sehen. Jetzt hatte ich auch uneingeschränkt den Blick frei auf den alten Glockenturm. Er war massiv und mächtig, vermutlich hatte man ihn auch als Beobachtungs-posten genutzt, denn er bot mit Sicherheit genug Platz für mehrere Personen. Zur anderen Seite sah ich endlich den See. Er war nicht allzu groß, aber unglaublich romantisch, hier so mitten im Wald. Die Seiten waren mit Schilf bewachsen, aber es gab ein paar Stellen, an denen man auch gut ans Wasser kam. Perfekt, um sich jeweils vor der Heimfahrt zu erfrischen, wenn ich hier war. Kurz überlegte ich, ganz schnell eine Runde zu schwimmen, aber die Zeit wurde wirklich knapp. Ich musste schauen, dass ich endlich loskam.

Ich warf einen letzten Blick auf die Abtei, sie strahlte trotz ihrer Schäden und ihres Alters eine Ruhe aus, die sich irgendwie auch auf mich übertrug. Ich hatte mich abgewandt, um den Pfad hinunterzusteigen. So sah ich auch das ganz kurze Aufblitzen nicht, aus dem alten Glockenturm, wie es entsteht, wenn jemand unvorsichtig ein Fernglas oder eine Uhr in die Sonne dreht. Und da ich es nicht gesehen hatte, brachte ich auch das sirrende Aufheulen eines Motors kurze Zeit später, wie von einer Moto-Cross Maschine, nicht damit in Zusammenhang, sondern vermutete, dass ein paar Jugendliche die Wälder hier für ihr Fahrtraining nutzten, wie es viele taten, die noch keinen Führerschein hatten und nicht auf der Straße üben konnten.

3.

Restaurants in fremden Gegenden aufzuspüren, ist ja eines meiner liebsten Hobbys, aber das kann auch ganz schnell mal ins Auge gehen, wenn man mit der Suche zu viel Zeit vertrödelt oder, wie ich, zu wählerisch ist. Schildern am Straßenrand zu folgen ist übrigens selten eine gute Idee, zu oft führen sie entweder ins Nichts, oder es kommt plötzlich an der nächsten Abzweigung kein weiterführendes mehr. Und Entfernungsangaben, wie zum Beispiel ,,in sechshundert Metern'', kann man meist getrost mit dem Faktor zehn multiplizieren. Aber ich hatte Glück, ich war einfach der Straße, auf der ich gekommen war, weiter gefolgt und keine zehn Minuten später sah ich auf einer kleinen Anhöhe ein Restaurant, das auf den ersten Blick schon einmal ganz nett aussah. Ich bog in einen kleinen Kiesweg ab, der an einem großen schmiedeeisernen Tor direkt an der Straße begann, und ein paar Augenblicke später hatte ich bereits den Parkplatz erreicht.

Das Restaurant war ein klassischer Agriturismo. Das sind Lokale, die in ehemaligen Bauernhöfen eröffnet wurden, man kann auch Zimmer mieten und es gehört ein landwirtschaftlicher Betrieb dazu, der fast alles, was an Essen angeboten wird, frisch liefert. Meist werden uralte, verfallene Höfe für diesen Zweck komplett restauriert. Das Ambiente ist in der Regel ganz zauberhaft, die Zimmer ein Traum aus vergangenen Zeiten und das Essen frisch und frei von jeglichen Industriezutaten, die ich so verabscheue.

Das war genau, was ich gesucht hatte. Das Hauptgebäude war aus massivem Naturstein gebaut, es hatte eine breite, ganz umlaufende Überdachung und ich konnte an der Seite schon die Außenterrasse sehen, auf der man im Schatten der Bäume bei angenehmem Klima im Freien würde essen können.

Es waren genug Plätze frei, die meisten waren bei diesem Wetter tagsüber hinunter ans Meer gefahren und würden wohl eher erst abends kommen. Ich wartete höflich, bis mich der Kellner sah, um mir einen Platz zu geben, aber er lächelte von Weitem und machte eine Handbewegung, die bedeutete, ich solle mir einfach einen Tisch aussuchen.

Wir waren hier schon weit genug vom Meer entfernt, so war klar, dass die Spezialitäten hier Fleischgerichte sein würden. Aber, selbst wenn es Fisch gegeben hätte, wäre ich nie auf die Idee gekommen, welchen zu bestellen. Ich habe da so meine Dreißig-Minuten-Regel. Bin ich mehr als dreißig Minuten vom Meer entfernt, esse ich nur Fleisch und keinen Fisch mehr.

Der Kellner kam und ich bestellte mir einen Krug Rotwein und eine Flasche Wasser. Er hatte die Speisekarte achtlos ganz an den Rand des Tisches gelegt und ich machte mir gar nicht erst die Mühe, sie zu überfliegen. Das wurde hier auch nicht erwartet. Ich hatte bereits auf dem Weg zur Terrasse das kleine Gebäude gesehen, in dem drei Frauen damit beschäftigt waren, Nudeln zu machen. Es ging also ohnehin nur darum, welche Soße ich zu den frischen Nudeln haben wollte und welches Hauptgericht man mir besonders empfehlen konnte. Es gab typischerweise zwei verschiedene Soßen, die man heute vorbereitet hatte, eine mit und eine ohne Fleisch. Ich hatte Glück, es gab das Ragù (Bolognese) heute mit Wildschwein zu den Nudeln und das bedeutete, es gab auch eines meiner Lieblingsgerichte, nämlich Wildschwein in Rotwein, das ich als Hauptgang wählte.

Ich hatte Durst, es war Sonntag, ich musste heute nichts mehr tun, und so hatte ich den ersten Krug Rotwein schon fast geleert, bis meine Vorspeise kam. Der Wein war wundervoll, tiefrot, fast schon schwarz, er war hier aus der Gegend, man schmeckte die Sonne des südlichen Zipfels meines Landes deutlich heraus, ein Geschmack, den wir bei uns in Mittelitalien nie ganz so intensiv hinbekommen.
Irgendwie scheine ich in fast jedem Restaurant immer schnell aufzufallen. Vielleicht rieche und schmecke ich immer besonders ausgiebig an allem herum und schaue besonders verzückt, wenn etwas gut ist. Auch hier hatte es nicht lange gedauert, dann war der Wirt persönlich an meinen Tisch gekommen, hatte mich gefragt, ob alles passte und mir angeboten, vor den Nudeln noch einen Teller mit ein paar typischen Produkten aus der Region zu offerieren, zum Probieren, wie er betonte, als kleine Aufmerksamkeit - was bedeutete, dass es nicht auf der Rechnung

auftauchen würde - damit ich einen Eindruck bekäme, von seiner Gegend. Natürlich hatte ich begeistert zugestimmt, und so musste ich mich zuerst durch eine Riesenplatte mit Salami, Käse, Würstchen, Schinken, Oliven, eingelegten Tomaten und noch vielem mehr arbeiten, bevor ich meine Nudeln bekam.

Es war schlicht herrlich. Ich blieb über drei Stunden. Nach dem Hauptgericht suchte ich mir noch ein Dessert aus, bekam einen caffè und ganz zum Abschluss einen kleinen Likör. Ich strahlte vor mich hin. Ich würde also auch nicht verhungern müssen, wenn ich den ganzen Tag an der Abtei arbeitete, sondern hatte hier die Möglichkeit auf eine Stärkung zur Mittagszeit.

Während des Essens hatte ich angefangen, auf meiner Serviette den Grundriss zu skizzieren, ganz grob nur, so wie ich die ungefähre Aufteilung des Erdgeschosses vorhin in Erinnerung behalten hatte. Irgendetwas stimmte nicht. Der Eingang, den ich benutzt hatte, befand sich in etwa in der Mitte des Haupttraktes, aber was ich innen hatte sehen können, wäre er eher im letzten Drittel des Gebäudes gewesen, die Maße passten nicht, so als wäre es innen viel kürzer gewesen als außen, was ja nicht sein konnte. Ich zuckte mit den Schultern, vermutlich hatte ich das nur nicht richtig wahrgenommen, in den paar Minuten.

Ich zahlte die Rechnung, die viel zu niedrig war, für das, was man mir an Genuss geboten hatte, und Wirt und Wirtin verabschiedeten mich als neuen Stammgast mit Küsschen und winkten mir noch nach, als ich meinen Fiat vom Hof fuhr.

4.

Nach meinem ausgiebigen Mittagessen hatte ich das Abendessen ausfallen lassen, was ich oft tue, und war früh schlafen gegangen. Zuverlässig hatte mich meine innere Uhr um sechs geweckt und ich hatte nach einem kurzen Frühstück bei Francesco in der Bar Gas gegeben. Es war mein erster echter Arbeitstag in der Abtei und ich wollte mir heute einen Überblick verschaffen und eine Einteilung treffen, wie ich vorgehen würde, um mit möglichst wenig Aufwand alle Maße zu erfassen. Es war noch nicht einmal acht Uhr, als ich bei strahlendem Sonnenschein wieder auf dem Platz vor dem Gebäude ankam. Diesmal fuhr ich in den Innenhof, denn ich hatte meine ganze Ausrüstung im Auto und ich wollte sie nicht weiter als nötig schleppen.

Wieder schloss ich die Türe auf und stellte alles, was ich für meine Arbeit benötigen würde, im Inneren ab. Ich hatte diverse Maßbandrollen dabei, unzählige Blöcke, Kopien der Grundrisse aus dem Katasteramt, mein Lasermessgerät, Taschenlampen und ein paar große Halogenstrahler, die mit Akkus betrieben wurden. Ich schnappte mir eine Lampe und einen Grundriss und lief zuerst nach rechts durch eine der Türen, die, wie ich gestern gesehen hatte, in viele weitere Räume führte. Es erschloss sich mir nicht ganz, wofür man diese vielen kleinen Zimmer gebraucht hatte, die wie ein kleines Labyrinth aufgebaut waren. Ich durchquerte unzählige Türen und stand dann wieder in einem großen Saal. Anders als im Gebetsraum war hier eine Decke eingezogen. Vielleicht ein ehemaliger Speisesaal oder eine Bibliothek? Anschließend kamen noch einmal einige kleinere Räume und dann stand ich auf der anderen Seite des großen Hauptportals, das ich gestern als Erstes von außen gesehen hatte. Hier war wohl die Eingangshalle gewesen, denn von hier führte auch eine Treppe in die oberen Räume. Aber das erste Stockwerk würde ich mir später ansehen, zuerst wollte ich den Grundriss hier unten genau verstehen. Ich hatte während meines Weges fleißig in die vorhandenen Pläne gezeichnet und langsam ergab sich ein Bild, das doch durchaus Sinn machte. Betrachtete man nämlich die vielen Eingangstüren, die es ursprünglich gegeben hatte, erkannte man, dass jeder Bereich für sich von außen direkt betreten werden konnte - die vielen einzelnen Zimmer, die wohl Unterkunftsräume gewesen waren, der große Saal, die Kirche und der Eingangsbereich hier, in dem ich gerade stand. Ich lief wieder zurück und sah mich noch in der anderen Richtung um. Anschließend an den Gebetsraum gab es noch, wie vermutet, das einzelne Zimmer hinter dem Altar. Wie schon gestern hatte ich wieder dieses Gefühl, dass die Außenmaße irgendwie nicht mit den inneren übereinstimmten, aber das würde ich überprüfen, wenn ich die genauen Längen genommen hatte.

Die Treppe, die hinauf zur Empore führte, zog mich magisch an. Ich stieg vorsichtig nach oben und blickte dann von dort hinunter in den Saal. Das Geländer, das hier wohl früher einmal gewesen war, gab es längst nicht mehr und so blieb ich etwas vor der Kante stehen. Der Blick war beeindruckend. Man sah erst jetzt so richtig, wie gewaltig die Ausmaße tatsächlich waren. Direkt hinter mir befand sich eine ehemalige Türe, die aber nicht mehr vorhanden war. Ich ging durch die Öffnung und befand mich nun wohl direkt über dem Altar und der Sakristei. Hier hatte man im Gegensatz zu unten keine Wand eingezogen. Der Raum war riesig und hier oben schienen die Dimensionen auch wieder zu den Außenmaßen zu passen. Die Böden waren aus altem Terrakotta, die Steine nur auf die Holzlattung gelegt und ich tastete mich sehr vorsichtig voran. Diese alten Böden sind nicht sonderlich stabil und eine einzige morsche Latte konnte genügen, um mitsamt dem Boden durchzubrechen. Ich hatte mir unten automatisch eingeprägt, in welchem Abstand etwa die massiveren Querbalken verliefen und versuchte, mich nur auf diesen zu halten. Ganz hinten in der Ecke des Raums ging eine weitere Treppe ab. Ich vermutete, dass das der Zugang zum Glockenturm war. Die Treppe verschwand nach oben in die nächste Etage, vermutlich auf den Dachboden. Ich stieg auch hier hinauf und dann konnte ich durch ein rundes, kleines Fenster tatsächlich bereits den See erkennen, so hoch war ich inzwischen. In dieser Etage war die Decke schon deutlich niedriger und am anderen Ende führte wieder eine Treppe ab. Leider war sie vergittert und ein altes, völlig verblichenes Schild verbot es, weiter zu gehen. »Lebensgefahr! Einsturzgefahr! Erdbebenschaden!«, stand darauf geschrieben. Das Schild sah offiziell aus, war es aber nicht. Vielleicht sollte es spielende Kinder abhalten, oder warum auch immer sonst sich jemand die Mühe gemacht hatte, diese Verbote auszusprechen. Ich rüttelte an dem Tor, aber es war mit einer dicken Kette und einem alten Vorhängeschloss gesichert. Ich war enttäuscht, zu gerne wäre ich auf den Turm gestiegen. Ich würde im Rathaus nachfragen, ob es auch hierfür einen Schlüssel gab und warum man den Zugang gesperrt hatte.

Wieder zurück im Gebetssaal, hatte ich mich mit dem Rücken an die Wand gelehnt, mir eine Zigarette angezündet und ließ die Halle nochmals auf mich wirken. Der Boden war mit großen Marmorfliesen bedeckt, riesige quadratische Platten, die sehr unregelmässig gearbeitet waren, typisch, wie man sie früher verlegt hatte. Einige dieser Fliesen trugen alte Inschriften, die nicht mehr lesbar waren. Vor meinem inneren Auge füllte sich der Raum mit Holzbänken, auf denen die Gläubigen damals knieten, der Altar schmückte sich mit Blumen und einem mächtigen Kreuz, das darüber an der Wand angebracht war. Ich sah hohe Würdenträger, die in ihren throngleichen Stühlen, aufgereiht hinter dem Altar, an der Wand saßen. Ich hörte die choralen Gesänge, die von den Mönchen oder Ordensbrüdern aus irgendeinem Teil des Gebäudes kamen. Ich schüttelte leicht den Kopf, um dieses Bild wieder loszuwerden, und sah plötzlich auf der anderen Seite der Halle, genau mir gegenüber, eine kleine Nische, die ich bisher nicht bemerkt hatte. Neugierig ging ich hinüber und als ich um die Ecke der Mauer sah, entdeckte ich eine Treppe, die nach unten führte. »Die Gruft!«, schoss mir kurz durch den Kopf. »Oder einfach nur ein Scheißkeller«, dachte ich dann belustigt. Ich knipste meine Lampe an und stieg die ausgewaschenen Stufen vorsichtig hinab. Die Treppe bog einmal um die Ecke und dann stand ich wieder vor einem Gittertor. Auch hier fand ich das gleiche Schild, das schon am Tor zum Glockenturm befestigt gewesen war und auch hier jede Art von Katastrophe androthe, wenn man sich weiter hinunter wagen würde. Auch dieses Schild versuchte wieder, einen offiziellen Eindruck zu erwecken, war aber genauso eine Fälschung wie das andere am Turm. Auch hier war ein altes, verrostetes Schloss mit einer Kette und so zuckte ich mit den Schultern und ging wieder zurück nach oben.

Die Räume im ersten Stock, die man von der Eingangshalle aus erreichte, waren allesamt unspektakulär. Die Aufteilung ähnelte der unten und ich skizzierte mir nur kurz den Grundriss. Es war Zeit, etwas zu essen. Als ich ins Freie trat, hatte ich das Gefühl, gegen eine Wand zu prallen. Im Gebäude war es wegen der fast einen Meter dicken Außenwände schön kühl gewesen. Hier draußen aber knallte die Sonne um die Mittagszeit gnadenlos herunter und mir blieb ganz kurz die Luft weg.

Ich fuhr zu dem gestern von mir entdeckten Agriturismo und wurde heute bereits wie eine alte Freundin von Fabrizio begrüßt. Diesmal aß ich nicht ganz so viel und ganz so lange wie am Tag zuvor, denn ich wollte ja noch etwas arbeiten. Ich hatte meine Skizzen auf dem Tisch ausgebreitet und ging die Räume gerade nochmals in Gedanken durch, als mich Fabrizio aus meinen Überlegungen riss: »Ah, Chiara, ihr aus dem Norden, immer am Arbeiten, immer fleißig«, er grinste dazu und drohte mir im Scherz mit der Hand.

Ja, hier unten war wirklich alles, was oberhalb von Rom ist, schon »der Norden«, obwohl meine Gegend ja nun wirklich nicht mehr ganz oben lag. Aber das war eben so.

»Was machst du da?«, fragte er mich jetzt neugierig.

»Ich vermesse die alte Abtei, ich soll die Pläne aktualisieren«, dabei nickte ich mit dem Kopf vage in die Richtung, in der das alte Gemäuer stand.

»Wozu das?«

Ich zuckte mit den Schultern. »Keine Ahnung, irgendein Projekt der Regierung, sie katalogisieren irgendwelche historischen Bauwerke.«

Wir mussten beide grinsen. Nur zu genau wussten wir, was so ein Projekt bedeutete. Es wurde viel Geld ausgegeben, Akten angelegt, Leute beschäftigt und am Ende würde all das in irgendeinem Archiv verschwinden, und niemand würde sich je mehr dafür interessieren. Sinnlos letztlich, aber nun, auch das war eben so.

Als ich wieder zurück war, wollte ich eigentlich die Außenwände vermessen, aber als ich die erste Zwanzig-Meter-Rolle ausgelegt hatte, wurde mir klar, dass es zu heiß dazu war. Das war etwas, das ich gleich am frühen Morgen würde machen müssen, wenn es noch etwas kühler ist. Aber jetzt noch mit den Innenräumen anzufangen, erschien mir auch blödsinnig, und zudem war ich nach dem Essen und dem Wein plötzlich so müde, dass ich beschloss, es für heute gut sein zu lassen. Ich ließ meine Ausrüstung in der Gebetshalle zurück, bis auf den Lasermesser, den ich sicherheitshalber im Auto verstaute, er war zu teuer, auch wenn dem Anschein nach hier nie einer herkam. Ganz kurz überlegte ich, noch eine Runde im See zu schwimmen, aber ich hatte meinen Badeanzug vergessen und dachte an das Geräusch des Motorrads gestern. Ich hatte keine Lust, mich von irgendwelchen Jugendlichen beim Nacktbaden erwischen zu lassen, und so stieg ich ein und konnte es kaum erwarten, in der Wohnung ein kleines Schläfchen zu machen.

5.

Zurück im Dorf parkte ich wieder auf meinem Stammplatz im Halteverbot, klemmte den Strafzettel zurück unter den Wischer, schmunzelte, welche Summe inzwischen schon aufgelaufen war, und ging dann geradewegs in die Bar. Francesco nickte mir zu und mixte mir unaufgefordert einen Campari Soda. Keine Ahnung, wie er das erraten hatte, aber das war mein üblicher Feierabend-Drink. Ein Spritzer Campari, viel Soda, viel Eis, gerade so, dass man wusste, jetzt beginnt der schönste Teil des Tages.

Eigentlich hatte ich vorgehabt, runter ans Meer zu fahren, um mir dort ein schönes Lokal zu suchen, aber irgendwie konnte ich mich nicht recht aufraffen. Stattdessen ging ich in den kleinen Supermarkt im Ort, um endlich meinen Kühlschrank zu füllen. Francesco hatte mir gesagt, wo ich den Laden finden würde, aber tatsächlich war er so winzig und unscheinbar, dass ich zweimal glatt daran vorbeilief, bis ich ihn endlich entdeckte.

Wie immer waren die Preise in diesen winzigen Märkten umso höher, je kleiner die Ladenfläche war, und dieser hier war wirklich kaum mehr als ein Zimmer. Ich kaufte dennoch alles, was ich so brauchen konnte, nicht zuletzt, weil ich wusste, wie sehr diese Dorfläden um ihr Überleben kämpfen müssen, seit immer mehr Menschen in die Städte wegziehen und die großen Ketten mit ihren ständigen Sonderangeboten die Preise kaputt machten. Ich nahm Oliven, schwarze und grüne, Tomaten, Salat, Käse, ein wenig Schinken, viel Salami, noch ein wenig von allen Gemüsesorten, Rotwein, Weißwein, Wasser natürlich und Brot. Also das, was wir unter Brot verstehen. Ich habe eine deutsche Mutter, die mir gezeigt hat, was man in Deutschland für diverse, leckere Brotsorten kennt. Und hat man das einmal probiert, kommt einem unser Brot eher wie Schaumstoff vor. Schaumstoff ohne Geschmack. Aber nun, ich denke, jedes Land darf sich einen kleinen kulinarischen Ausrutscher erlauben - und der war bei uns eben das Brot.

Ich belud den Lift mit allem, was nach oben musste, ich selbst traute ihm immer noch nicht und schleppte mich wieder die ganzen fünf Stockwerke hoch.
Obwohl ich morgens gelüftet hatte, stand in der Wohnung die Hitze und ich flüchtete mich auf die Dachterrasse. Dort vertiefte ich mich den Rest des Abends in die Pläne der Abtei und naschte von den Oliven, dem Käse, der Wurst, begleitet von einem gelegentlichen Schluck Rotwein.

6.

Am nächsten Tag startete ich noch früher in Richtung Abtei. Heute stand viel auf meiner Liste, was ich erledigen wollte, und um Zeit zu sparen, hatte ich mir auch zu Essen und zu Trinken mitgenommen. Ich wollte die Mittagspause am See verbringen, eine Runde schwimmen und dazu einfach ein paar Kleinigkeiten essen. Ich war fast an der Abtei, als ich merkte, dass ich keine Zigaretten eingesteckt hatte. Laut einem Straßenschild musste es ein paar Kilometer weiter einen Ort geben und so fuhr ich an meiner Abzweigung vorbei und folgte der Straße eine Weile.

Schließlich sah ich ein paar Häuser, die förmlich auf einer Anhöhe klebten, und nahm die Abzweigung, die auf den letzten Metern steil nach oben führte. Wie üblich ging es durch ein schmales, altes Tor, um den Ortskern zu erreichen, und wieder war ich froh, mit dem kleinen Fiat gefahren zu sein und nicht mit meinem großen Geländewagen, den ich zuhause für meine Arbeit nutzte und der hier nie durch die schmalen Gassen gepasst hätte.

Der Ort hieß Rizzo, die Piazza war winzig, es schien neben der üblichen Bar nur noch ein Postamt zu geben, jedoch war ich mir nicht sicher, ob das überhaupt in Betrieb war. Aber, egal wie klein ein Ort ist, auf der Piazza stehen vor der Bar weiße Plastikstühle und darauf sitzen immer ein paar der Alten und schauen dem mehr oder weniger aufregenden Treiben zu. Hier war es wohl eher nicht so aufregend und ich hatte den Eindruck, die Ankunft einer jungen Frau mit langen Haaren in einem schicken kleinen Fiat würde hier mindestens eine Woche für Gesprächsstoff sorgen. Ich hielt direkt vor dem Eingang, nickte den paar Männern zu, die hier saßen, und ging nach drinnen. Die Bar war alt und heruntergekommen und vermutlich betrieb der Wirt sie eher nur aus Nostalgie oder Langeweile für die letzten paar Einwohner, die es hier noch gab. Eigentlich wollte ich lediglich eine Packung Zigaretten kaufen, aber mir tat dieser Verfall leid und so kaufte ich noch eine Flasche Cola, ein paar Schokoriegel, Wasser und eine Zeitung. Dazu bestellte ich mir einen caffè und ließ mich kurz an der Theke nieder. Der Mann hinter der Bar strahlte mich an, wischte fleißig über die ohnehin blank polierte

Fläche und zelebrierte die kleine Tasse so, als hätte ich seinen teuersten Champagner geordert.

»Was macht eine junge Frau wie Sie hier oben bei uns?«, fragte er mich schließlich unumwunden.

»Ich arbeite unten an der alten Abtei.«

Er sah mich fragend an.

»Ich soll sie vermessen, ich bin Geometra«, schob ich dann noch nach.

Er nickte, etwas desinteressiert jetzt. Klar, er wusste wie jeder andere auch, dass es letztlich relativ sinnfrei war, das alte Gemäuer neu zu katalogisieren.

»Sie arbeiten an der Abtei!«, sprach mich plötzlich ein Mann an, der ein Stück weiter ebenfalls an der Bar saß und den ich bisher gar nicht bemerkt hatte. Aber es war weniger eine Frage gewesen.

»Hat sie gesagt, sie arbeitet an der Abtei?«, fragte er dann in Richtung des Mannes an der Bar.

»Ja, Sabatino, das hat sie gesagt«, bestätigte er. Dabei sah er mich leicht amüsiert an.

»Seien Sie da bloß vorsichtig!«, kam es wieder von der Seite.

»Ja, ich passe schon auf, aber das Gebäude ist noch in recht stabilem Zustand«, ich hatte mich jetzt ganz zu ihm gedreht.

»Das meine ich nicht«, er nahm einen Schluck aus seinem Weinglas, »das habe ich nicht gemeint!«

Ich blickte erst ihn irritiert an, dann den Wirt, der nur mit den Schultern zuckte.

»Wie auch immer, ja, ich passe auf«, lächelte ich in seine Richtung.

»Gehen Sie weg dort, bevor es dunkel wird, ja, Sie dürfen dort nicht sein nach Sonnenuntergang!«, er hatte sich richtig in Rage geredet und lief ganz rot an.

»Sabatino, du und deine Geschichten, lass die Leute ihre Arbeit machen«, dabei nickte der Wirt mir

aufmunternd zu und ich ging an die Kasse und be-
zahlte.

7.

Als ich an der Abtei ankam, blieb ich eine Weile
nachdenklich davor stehen. Natürlich kannte ich
diese Geschichten. Es gibt fast kein Haus, um das sich
nicht, wenn es ein paar Jahre leer steht, die wildesten
Gerüchte ranken. Und ich hatte fast nur mit solchen
alten Häusern zu tun. Man durfte da nicht zimperlich
sein. Ja, es war gruselig in diesen Ruinen, überall
knarzte etwas, man hörte verschiedene Geräusche
und manchmal sah man Schatten, die aber natürlich
immer irgendwie zu erklären waren. Es gab Häuser,
in denen bekam ich, sobald ich sie betrat, eine
Gänsehaut, fühlte mich unwohl, beobachtet, und war
froh, wenn ich sie wieder verlassen konnte. Woran
das lag, habe ich nie herausgefunden. In anderen
Häusern dagegen fühlte ich mich wohl, oft sogar
richtiggehend geborgen, gut aufgehoben, fast fröhlich. In der Abtei hatte ich bis jetzt von beidem nichts
gefühlt. Es war einfach ein altes Gebäude, das bisher
noch keine echten Emotionen bei mir ausgelöst hatte.
Ich schloss die Türe auf, überprüfte automatisch
meine Ausrüstung und dann vergass ich alles andere
und arbeitete einfach meine Aufgaben ab, die ich für
heute geplant hatte.

Mein Mittagessen war spärlich ausgefallen. Ein paar
Tomaten, etwas altes Brot vom Vortag, ein bisschen
Obst und die Schokoriegel aus der Bar. Ich hatte
Hunger, war müde und komplett durchgeschwitzt.
Heute würde ich ans Meer fahren und wundervoll zu
Abend essen! Dieser Gedanke hielt mich bei Laune

und bevor ich zurückfuhr, wollte ich unbedingt den See ausprobieren. Ich stieg den Pfad nach oben und als ich ihn erreichte, blieb ich wieder verzückt stehen. Er sah so wundervoll aus. Die Wasseroberfläche war absolut ruhig und in ihr spiegelte sich alles, was den See umgab. Die Sonne stand schon tief jetzt und alles lag im kühlen Schatten. Eine Wohltat nach der Arbeit in der Hitze und ich sog den Duft des Waldes tief in meine Lungen. Das Wasser fühlte sich eiskalt an und nachdem ich den Schlick durchwatet hatte und es tief genug wurde, tauchte ich unter und konnte gar nicht genug bekommen, so herrlich erfrischend war es, hier zu schwimmen.

Als ich zurück nach unten ging, lag das gesamte Areal schon tief im Schatten. Es würde zwar noch eine Weile hell sein, aber die Sonne war schon hinter den Bergen und das Licht war plötzlich diffus, fast bildete ich mir ein, es würde leicht nebelig sein, aber das war natürlich Quatsch, jetzt im Hochsommer. Ich überquerte den ehemaligen Innenhof, um zu meinem Wagen zu kommen, und plötzlich fühlte ich mich beobachtet. Die Worte dieses Sabatino fielen mir wieder ein, als er heute morgen gesagt hatte, ich solle ja nicht nach Sonnenuntergang an der Abtei bleiben. Ich beschleunigte meine Schritte, ich hatte es plötzlich eilig, hier wegzukommen. Die letzten Meter lief ich fast und um ein Haar wäre ich über einen Stein gestolpert und fing mich gerade noch ab. Und dann rief ich mich selbst zur Ordnung. Ich hatte wohl ein bisschen zu viel Hitze abbekommen heute. Ich musste grinsen. Gut, dass das niemand gesehen hatte, was ich hier gerade für ein Bild abgab. Ich ging betont langsam zur Türe der Abtei, kontrollierte, ob ich auch wirklich abgeschlossen hatte, und stieg dann ebenso betont langsam und gelassen in mein Auto. Als ich wendete und in Richtung Straße fuhr, war ich in Gedanken schon bei meinem Abendessen am Meer und so sah ich auch diesmal nicht, dass oben, im alten Glockenturm, wieder ganz kurz etwas aufblitze.

8.

Ich hatte einen kurzen Stop bei Francesco in der Bar eingelegt, einen Drink genommen und ihn nach einem guten Restaurant an der Küste gefragt. Wobei ich es anders formuliert hatte, ich wollte kein ,,gutes'' Restaurant von ihm wissen, nein, ich wollte den ultimativen Tipp, das Restaurant, für das er bereit war zu sterben, das beste, das er kannte. Und so fuhr ich jetzt schon eine Weile an der Küste entlang, ließ die Hotelzeilen hinter mir und kam an immer größeren Abschnitten vorbei, an denen überhaupt nichts mehr war, außer der Straße und dem Strand. Ich hatte das Dach offen und das Radio laut aufgedreht und genoss die Fahrt am Meer. Irgendwann kam endlich das Ortsschild, das ich suchte, und kurze Zeit später auch das kleine Restaurant, das mir Francesco empfohlen hatte. Sein Cousin arbeitete dort als Kellner und er hatte gleich die Reservierung für mich erledigt. Wieder griff mein neues Netzwerk und ich wusste so schon vorher, dass ich mich um nichts mehr würde kümmern müssen, denn natürlich würde mich ein Familien-mitglied von Francesco so behandeln, als gehörte auch ich zur Familie und mir nur von allem das Beste zuschanzen. Und so saß ich kurze Zeit später am schönsten Tisch des Lokals. Es war eine riesige Tafel, die in einer Ecke der Terrasse stand und eigentlich für eine größere Gruppe gedacht war. Aber für heute

Abend gehörte mir der Tisch alleine und ich lächelte glücklich in die Nacht, denn die Terrasse war auf einer Anhöhe und bot einen grandiosen Blick, einerseits auf den Ort mit seinen Lichtern und Bauwerken, die nachts in Flutlicht getaucht wurden, und andererseits auf den Strand und die Küstenlinie, die man ganz weit entlang blicken konnte, bis sich die letzten Lichter im Nirgendwo verloren. Auf dem Meer war noch Hochbetrieb. Die Positionslichter unzähliger Boote - vermutlich Yachten, die noch unterwegs waren - und weiter draußen von größeren Schiffen sahen aus, als würden große, dicke Glühwürmchen über dem Wasser tanzen. Paolo, der Cousin, war ein echter Schatz. Er umsorgte mich den ganzen Abend. Ich hatte ihm die Wahl des kompletten Menüs überlassen und er enttäuschte mich nicht. Ich bekam unzählige kleine Teller, nach und nach, immer mit irgendeiner Leckerei, um die ganze Palette der Küche kennenzulernen. Als es gegen Mitternacht etwas ruhiger im Lokal wurde, setzte er sich auf eine Zigarette zu mir an den Tisch.

»Und Sie sind wegen der Abtei hier in der Gegend?«, eröffnete er das Gespräch.

»Ja«, nickte ich mehr als ich sagte, denn ich hatte gerade einen Riesenlöffel vom Dessert in meinen Mund geschaufelt.

»Ein seltsamer Ort«, fuhr er fort.

Ich zuckte mit den Schultern. »Ja, ziemlich abgelegen.«

»Ich weiß auch nicht, was Francesco daran findet«, sagte er schließlich. »Er erzählt mir, seit ich denken kann, alles Mögliche davon.«

Ich stutzte. Das war komisch. Mir gegenüber hatte Francesco immer so getan, als kannte er die Abtei gerade einmal vom Hörensagen, wenn überhaupt.

»Was erzählt er denn so?«, wollte ich schließlich wissen.

»Ach, keine Ahnung, er kennt irgendwie die ganze Geschichte davon. Wann sie gebaut wurde, wer darin lebte, wann sie teilweise zerstört wurde, solche Sachen.«

An einem der Tische wollte ein Gast zahlen und Paolo sprang auf und ließ mich, leicht verwirrt, am Tisch zurück.

Auf der Heimfahrt dachte ich über Paolos Worte nach. Warum nur hatte mir Francesco so gar nichts erzählt, ja, sogar so getan, als sei ihm dieser alte Steinhaufen so egal wie nur sonst etwas? Hielt er es vielleicht für unmännlich, sich mit der Geschichte eines alten Klosters auszukennen? Oder war sein Interesse daran schon wieder erloschen. Ich hatte mir bisher noch überhaupt keine Gedanken über die Vergangenheit der Abtei gemacht. Ganz untypisch für mich, normalerweise interessiert mich das brennend, selbst bei kleinen Privathäusern versuche ich, immer so viel wie möglich über die Geschichte zu erfahren. Vielleicht war es an der Zeit, selbst einmal ein wenig zu recherchieren.

9.

Am nächsten Morgen hatte ich etwas langsamer gemacht. Ich wollte heute ins Rathaus, um wegen der verschlossenen Gittertüren nachzufragen. Ich nahm in aller Ruhe ein Frühstück bei Francesco ein und natürlich wollte er haarklein wissen, wie ich das Restaurant gefunden hatte, in dem sein Cousin arbeitete, ob ich gut behandelt worden war und ob ich wieder hingehen würde. Ich beantwortete alle seine Fragen geduldig, bedankte mich zigmal für den tollen Tipp, nur das Gespräch mit Paolo ließ ich unerwähnt. Ich wollte mich zuerst selbst ein wenig umhören, über die Vergangenheit der Abtei.

Es war weit nach neun Uhr, als ich von der Bar aus endlich Ignazio Benedetti über die Piazza schlurfen sah. Ich gab ihm ein paar Minuten Vorsprung, dann zahlte ich und ging hinüber ins Rathaus.

Wie beim letzten Mal klopfte ich unzählige Male und öffnete dann irgendwann, als keine Antwort kam, die Türe. Signor Benedetti hatte wieder sein Miesepetergesicht auf und giftete mich böse an, als ich sein Büro betrat.

»Guten Morgen«, dabei schenkte ich ihm mein strahlendstes Lächeln.

»Was wollen Sie?« Er schenkte mir seinen übelsten Gesichtsausdruck.

Es war aussichtslos. Es gab wohl nichts, womit man ihm ein Lächeln entlocken konnte, und so ließ ich alle Höflichkeit sausen und kam gleich zum Punkt.

»Ich hätte gerne die Schlüssel zum Glockenturm und zum Keller, für die Gittertore.«

»Was für Schlüssel, was für Tore?«

Nun gut, die Verbotsschilder waren gefälscht gewesen, vielleicht wussten sie auf der Gemeinde tatsächlich nichts davon. Auch das war mir recht, denn dann konnte ich die Schlösser einfach aufbrechen, schließlich hatte ich einen Regierungsauftrag, das ganze Gebäude zu inspizieren.

»Dann hat die Gemeinde die Zugänge nicht wegen Einsturzgefahr gesperrt?«, versicherte ich mich nochmals.

»Nein, warum auch?«, blaffte er zurück.

Ich beließ es dabei, der Typ trieb mich in den Wahnsinn. Ich nickte kurz, aber das sah er schon nicht mehr, denn er hatte sein Gesicht bereits demonstrativ in eine Akte gesteckt.

Im Erdgeschoss wollte ich das Rathaus gerade verlassen, da fiel mir eine Türe auf, an der ein Schild befestigt war, auf dem »Stadtarchiv« stand. Ich klopfte und probierte dann die Klinke, aber es war abgeschlossen. Ich ging ein paar weitere Türen ab, bis ich eine fand, die halb offen stand. Eine Frau mittleren Alters saß darin, die irgendetwas in ihren Computer tippte. Ich räusperte mich leicht und sie sah auf und - lächelte! Wow, es gab also Menschen in diesem Gebäude, die lächeln konnten. Ich sollte das vielleicht diesem Signor Benedetti mal sagen, da könnte er noch was lernen.

»Entschuldigen Sie die Störung, ich wollte ins Stadtarchiv, aber da ist niemand.«

»Was brauchen Sie denn?«, fragte sie mich freundlich.

»Ich vermesse die alte Abtei, oben in den Hügeln. Ich wollte ein paar Sachen nachschlagen.«

»Warten Sie, ich hole den Schlüssel.«

Das ging ja reibungslos. Sie verschwand kurz in einem anderen Zimmer und kam dann mit einem riesigen Schlüsselbund zurück.

»Wissen Sie zufällig, ob die Zugänge zum Turm und zum Keller jemals von der Gemeinde gesperrt wurden?«, nutzte ich die Gelegenheit, vielleicht doch noch etwas zu erfahren.

»Nein, keine Ahnung, davon weiß ich nichts«, zuckte sie nur mit den Schultern.

Sie schloss die Türe zum Archiv auf. Der Raum war recht groß. Die Fenster waren mit schweren Vorhängen abgehängt und erst als sie das Licht anschaltete, konnte man Details erkennen. Es gab ein paar Tische mit Glasplatten, unter denen alte Karten ausgelegt waren, unzählige Reihen mit Regalen, die bis zur Decke reichten und mit Büchern und Mappen vollgepackt waren. Es roch muffig und abgestanden in dem Raum, nach altem Leder, altem Papier und vermutlich auch nach den dicken Vorhängen, die, wer weiß wann, das letzte Mal gereinigt worden waren.

Sie führte mich tief in den Raum hinein, blieb immer wieder an einem der kleinen Schildchen stehen, die zur Orientierung angebracht waren, wo was aufbewahrt wurde. Schließlich standen wir vor einem Regal mit dem Namen der Abtei. Aber es war leer. Es gab keine Unterlagen. Die vielen Abdrücke im Staub deuteten darauf hin, dass irgendwann jemand eine ganze Menge davon hatte mitgehen lassen.

»Es ist nichts da«, schaute sie mich hilflos an, »keine Ahnung, wo die Unterlagen sind.«

»Wer verwaltet denn das Archiv?«, wollte ich wissen.

»Niemand mehr. Nachdem der Professore vor vielen Jahren in Rente gegangen ist, wurde die Stelle gestrichen. Sparmaßnahmen, Sie wissen schon.«

»Professore?«, hakte ich fragend nach.

»Ja«, schmunzelte sie, »Giulio Carbone, alle nannten ihn nur den »Professore«, er war ein wandelndes Geschichtsbuch, er wusste einfach alles über die Gegend hier.«

»Und«, ich zögerte kurz, »lebt er noch, kann ich ihn vielleicht ein paar Dinge zur Abtei fragen?«

»Aber ja, er lebt unten im Ort, er hat sich ein kleines Haus am Strand gekauft, als er die Dienstwohnung aufgeben musste. Fragen Sie in der Bar »Il Sole« nach ihm, ganz am Ende des Orts, da ist er fast jeden Tag. Er wird sich freuen, wenn Sie ihm Fragen stellen, er liebt es, Geschichten von hier zu erzählen.«

Als ich wieder auf der Piazza stand, überlegte ich abermals, ob ich Francesco zur Abtei befragen sollte. Und ganz sicher hatte er auch diesen Signor Carbone gut gekannt, wenn der hier im Rathaus, gegenüber seiner Bar, gearbeitet hatte. Aber irgendetwas hielt mich davon ab. Irgendwie hatte ich langsam den Eindruck, dass mir hier jeder, den ich traf, eine andere Geschichte zu der alten Ruine erzählte.

Es war fast Mittagszeit, ich hatte noch nichts gegessen. Wenn ich gleich noch zur Abtei fuhr, wusste ich schon jetzt, dass ich spätestens in zwei Stunden richtig schlechte Laune bekommen würde, vor Hunger. Aber erst noch etwas essen und dann hinfahren, würde mich zu spät in den Nachmittag kommen lassen. Das war alles Unsinn. Und außerdem war ich zu neugierig auf diesen Giulio Carbone. Und so ging ich direkt zu meinem Wagen, um hinunter ans Meer zu fahren und diese Bar »Il Sole« und den Professore zu suchen.

Kapitel 3

1.

Ich war mehrmals im Ort auf und ab gefahren, aber die Bar hatte ich zuerst nicht finden können. Am Ende des kleinen Orts führte die Straße weg vom Meer und da war keine Bar. Bis ich kapierte, dass eine Art Feldweg gar keine Einfahrt zu einem Haus war, sondern eine Sandpiste, die tatsächlich noch weiter am Meer entlang ging. Es gab hier ein paar vereinzelte Häuser und ganz am Ende stand ich tatsächlich vor dem »Il Sole«. Es hieß zwar »Bar«, aber das stimmte nicht ganz, es war eher ein kleines Restaurant, eines dieser Juwelen, die man nur noch sehr selten findet. Hier kamen die Fischer her, um unter sich zu sein. Das war kein Lokal, das irgendjemand finden würde, hier verkehrten nur Stammkunden, die sich bei einem Glas Wein trafen und sich beim Kartenspiel entspannten. Ich liebe solche Orte. Hier kocht die Frau vom Besitzer den Gästen das Gleiche, was auch die Familie bekommt, es gibt keine Speisekarten, keine diversen Menüs, keine Weinauswahl. Das ist quasi so, als wäre man bei einer Familie zum Essen eingeladen. Ich lief zuerst außen vorbei und ging an den Strand. Hier gab es keinen Service mehr, der Strand war unaufgeräumt, Treibholz, Muscheln und Algen bestimmten das Bild. Das Meer lag tiefblau und ganz ruhig da und der Blick war endlos weit, bis ganz draußen der Himmel und das Wasser zum Horizont verschmolzen. Es roch nach Fisch und Salz und ich sog den Duft gierig in mich ein.

Als ich das Lokal betrat, verstummten kurz die Gespräche und alle Gäste starrten mich interessiert an. Vermutlich dachten sie, entweder sei ich die neue Freundin eines Fischers und suchte nach ihm, wo er bei zu viel Wein abgeblieben war, oder ich hätte mich verfahren. Ich nickte in die Runde, murmelte eine Begrüßung und wandte mich an den Mann, der hinter einer kleinen Theke ein paar Gläser polierte.

»Bin ich zu spät zum Essen?«, fragte ich ihn.

Er stutzte kurz, nie hätte er vermutet, dass ich zum Essen hergekommen wäre. Aber dann lächelte er und sah mich freundlich an: »Nein, kein Problem. Wollen Sie auf der Veranda sitzen?«

Oh ja, das wollte ich. Ich hatte die kleine Terrasse schon vom Strand aus gesehen. Es gab nur drei oder vier Tische dort, ein kleines Strohdach schützte vor der Sonne und man hatte uneingeschränkten Blick aufs Meer. So nickte ich nur lächelnd und folgte ihm nach draußen, um mir einen der Tische von ihm geben zu lassen.

Viele meiner Freunde zuhause sind Fischer und eines meines Lieblingslokale ist genau so eines wie dieses. Alt, heruntergekommen, aber mit Herz geführt und mit einem Charme und einer Geschichte, die ganze Romane füllen würde. Weil ich heute im Rathaus gewesen war, war ich für diesen Ort ein wenig overdressed, mit weißer Bluse und einer dreiviertellangen Hose und ausnahmsweise einmal nicht in Flip-Flops, sondern eleganten Riemchensandalen. Vermutlich hielt er mich für eine Verrückte aus Norditalien, die hier Urlaub machte und dachte, im Süden seien alle Lokale so und die jetzt auf eine Speisekarte und eine Weinauswahl wartete. Und so strahlte ich ihn an und sagte ihm einfach, dass ich den Wein gerne als frizzante hätte und das Wasser ohne Kohlensäure und was immer er mir mit Spaghetti und Meeresfrüchten empfehlen könnte.

Er grinste mich daraufhin erleichtert an, nickte und verschwand in Richtung Küche. Wie erwartet, war das Essen ein Hochgenuss. Ich bekam die Spaghetti in einer großen, tiefen Pfanne, zusammen mit allem, was das Meer zu bieten hat. Die Portion war gedacht, um einen Fischer, der die ganze Nacht sehr hart gearbeitet hatte, wiederzubeleben. Aber ich hatte Hunger und so aß ich alles auf, und sein Wein, die einzige Sorte, die er anbot, war so gut, dass ich noch einen Krug nachbestellte. Als er mir schließlich unaufgefordert den üblichen caffè und einen kleinen Likör brachte, war ich so zufrieden, dass ich ohne Weiteres den Rest des Tages hier einfach hätte sitzen mögen, den Blick aufs Meer gerichtet und die Gedanken unbeschwert und frei. Aber eigentlich war ich ja hier, um den Professore zu finden. Und so raffte ich mich schließlich auf und ging an die Kasse, um zu bezahlen. Die Rechnung war ein Witz, für das was ich genossen hatte, und da der Chef ja kein Trinkgeld bekommen darf, kaufte ich stattdessen noch ein paar Zeitschriften, Zigaretten und ein paar Flaschen Wasser, um seinen Umsatz zumindest ein klein wenig anzukurbeln.

»Ich arbeite oben im Rathaus, in Coresi«, sagte ich dann, als ich meine Einkäufe in einer Tüte verstaute, »ich müsste mit Signor Carbone sprechen, können Sie mir sagen, wo ich ihn finde?«

»Den Professore?«, fragte er mich.

Ich nickte.

»Um die Zeit hält er vermutlich gerade ein Schläfchen in seinem Garten.«

»Er wohnt hier in der Nähe?«

»Aber ja. Sie können direkt am Strand entlanggehen, das übernächste Haus, das gelbe, da finden Sie ihn.«

2.

Ich legte meine Einkäufe in den Wagen, zog meine Schuhe aus, die mir langsam weh taten, ich war es einfach nicht gewohnt, im Sommer zu oft Schuhe zu tragen und lief zurück an den Strand. Die Häuser standen relativ weit auseinander, so dass ich fast zehn Minuten brauchte, bis ich das beschriebene gelbe Haus erreichte. Es war ein klassisches Strandhaus, ganz klein, zwei Stockwerke, ein winziger Garten, dafür aber direkt am Strand gelegen. Eigentlich waren das reine Urlaubshäuser, in denen man zwei oder drei Wochen im Jahr verbrachte. Aber ich verstand gut, dass er sich hier niedergelassen hatte. Auch ich wohnte in genau so einem Haus, und es war mir egal, wie klein es war, denn dafür war man so nah am Meer, wie es näher nicht geht, und das ist es, was zählt.

Ich blickte über die niedrige, verdörrte Hecke und tatsächlich, auf einer Strandliege schlief ein Mann. Es war schwer zu sagen, wie alt er sein mochte, seine Haut war tiefbraun und er sah nicht aus wie jemand, der sein Leben in diesem dunklen Archiv verbracht haben sollte, wo nie die Sonne reinkam, sondern eher wie ein Fischer, der sein Leben auf dem Meer gelebt hatte. Ich wusste nicht, was ich tun sollte. Ihn wecken? Oder einfach warten? Ich entschloss mich, noch ein wenig weiter zu laufen. Bis zum nächsten Haus war es wieder ein ganz schönes Stück und als ich es erreichte, stellte ich fest, dass auch dieses gelb war. Die Hecke war akkurat geschnitten und bekam wohl regelmäßig Wasser. Der Garten war etwas größer und die Terrasse ordentlich gefliest. Eine Sonnenmarkise war ausgefahren und spendete Schatten für einen recht großen Tisch. Ein Mann saß dort, der Tisch war vollgepackt mit Büchern und Stapeln von Papier. Er hatte einen Krug Wein vor sich stehen und eine Lesebrille auf der Nasenspitze. Er starrte hochkonzentriert in seine Unterlagen und schien nichts von seiner Umgebung mitzubekommen. Das sah mir schon eher nach dem Professore aus und ich hatte das mit dem übernächsten Haus wohl falsch verstanden. Ich war am Gartentor, das das Grundstück zum Strand hin abtrennte, stehen geblieben und räusperte mich ein paar Mal. Endlich sah er auf, schaute mich irritiert an und ich beeilte mich zu fragen: »Professor Carbone?«

Er nickte, immer noch leicht irritiert.

»Man hat mir im Rathaus in Coresi gesagt, dass ich sie hier finde. Ich bin Chiara Ravenna, Geometra, ich arbeite an der alten Abtei.«

Als ich »Abtei« sagte, leuchteten seine Augen kurz auf. Er erhob sich mühsam, so wie jemand, der seit viel zu vielen Stunden in der gleichen Stellung gesessen und so vertieft gewesen ist, dass er die Zeit völlig vergessen hat. Sein Gesichtsausdruck war jetzt neugierig, als er auf das Türchen zukam.

»Bitte. Bitte, kommen Sie herein«, forderte er mich auf und so öffnete ich das Tor.

3.

Wir hatten an seinem Tisch auf der Terrasse Platz genommen und jetzt wurde mir auch klar, warum seine Hecke so niedrig war. Man konnte selbst im Sitzen noch aufs Meer schauen und eine Weile saßen wir schweigend da, während ich die Umgebung auf mich wirken ließ.

»Darf ich Ihnen ein Glas Wein einschenken?«, riss er mich aus meinen Gedanken.

»Oh, ja gerne«, stotterte ich noch ganz abwesend und wieder erhob er sich mühsam, um mir ein Glas zu holen.

»Sie arbeiten also an der Abtei? Was machen Sie da genau?«

»Ich soll sie vermessen und die Katasterpläne aktualisieren. Es geht um irgendein Regierungsprojekt, Denkmalschutzobjekte oder so«, ich zuckte mit den Schultern.

»Ah«, er lächelte amüsiert, nahm einen Schluck Wein und beugte sich dann nach vorne: »Und was kann ich da für Sie tun?«

Ich hatte mir nicht wirklich überlegt, was genau ich eigentlich von ihm wollte. So sah ich eine Weile nachdenklich in Richtung Strand, bis ich endlich antwortete: »Ich weiß nicht genau. Es sind da ein paar Sachen, die finde ich … seltsam. Und dann wollte ich mir im Stadtarchiv die Unterlagen ansehen, aber es gab keine, das Register war leer.«

»Oh, aha. Nun, vermutlich hat sie nur jemand falsch einsortiert. Die meisten Menschen halten solche Archive für überflüssig.«

»Ja, das kann natürlich sein. Ich wollte nur einfach nachsehen, denn sowohl der Zugang zum Turm als auch der zum Keller ist mit einem Gitter und einem Warnschild versperrt.«

»Ah ja?«, er trank sehr bedächtig einen Schluck Wein, lehnte sich dann wieder zurück und sprach weiter: »Nun, der Keller wurde irgendwann zugemauert.«

»Er wurde zugemauert?«

»Ja, schon sehr lange. Nach dem Krieg blühte hier in der Gegend der Schmuggel. Es gab eine große Bande, die die ganze Gegend kontrollierte. Die Polizei versuchte jahrelang, sie auf frischer Tat zu schnappen. Aber sie fanden immer nur kleine Mengen. Irgendwann schafften sie es, jemanden in die Bande einzuschleusen. Und so erfuhren sie schließlich, dass der Keller unter der Abtei ihr Lager war. Es dauerte Wochen, alles herauszuschaffen. Der Keller ist ein einziges großes Labyrinth. Es stellte sich heraus, dass er bereits im Krieg von Partisanen genutzt worden war. Er war vollgestopft mit alten Waffen und Munition.«

»Und dann hat man ihn zugemauert?«, fragte ich.

»Nein, da noch nicht. Als sich die ganze Aufregung gelegt hatte, geriet die Abtei wieder in Vergessenheit. Die Leute hatten damals andere Sorgen, als sich darum Gedanken zu machen. Aber dann, Anfang der sechziger Jahre, passierten zwei Dinge.«

Wieder trank er sehr bedächtig aus seinem Glas, merkte, dass es fast leer war, und goss sich aus dem Krug Wein nach.

»Was, was passierte damals?«, ich konnte meine Neugier kaum unterdrücken. Endlich bekam das alte Gemäuer für mich so etwas wie Charakter, löste Emotionen in mir aus, ließ Bilder in mir aufsteigen, so wie ich das normalerweise von so alten Gebäuden gewohnt bin.

»Nun, damals formierten sich hier in der Gegend ein paar Familien, die, nun, „Dinge" kontrollierten und überwachten.«

Ich nickte. Wie jeder Italiener, vor allem im Süden, umschrieb er sehr vorsichtig, was er meinte. Man vermied, wo immer es ging, auszusprechen, was ohnehin jeder wusste. So wie ein Kind, das sich die

Augen zuhält und denkt, dann verschwindet auch das, was man nicht sehen will, für immer.

»Damals waren die Reviere noch nicht so klar abgesteckt und viele der großen Familien waren im Streit, führten regelrecht Krieg miteinander. Und die Leute sahen weg. Niemand wollte etwas gesehen haben, niemand wollte in irgendetwas verwickelt werden. Aber einer von ihnen, Antonio Scarpeletti, der Sohn der größten Familie, übertrieb es einfach. An einem Sonntag lieferte er sich mit ein paar anderen Männern eine Schießerei direkt vor der Kirche, auf der Piazza. Es wurden viele Unschuldige verletzt und der Pfarrer sagte damals gegen ihn aus. Die Polizei suchte ihn überall, aber er war wie vom Erdboden verschluckt. Die Behörden waren sicher, dass er in der Gegend geblieben war, denn immer wieder tauchten Zeugen auf, die ihn gesehen haben wollten. Sein Elternhaus wurde überwacht, Häuser durchsucht, die Wälder durchkämmt. Und dann, eines Tages, erinnerte sich einer der älteren Polizisten an die Keller der Abtei. Und da fanden sie ihn tatsächlich. Er hatte fast zwei Jahre dort unten gelebt und von dort aus seine Geschäfte geführt.«

Ich versuchte mir vorzustellen, wie es wäre, zwei Jahre in einem Keller zu leben, aber ich konnte es nicht.

»Sie sagten, es wären zwei Dinge passiert?«

»Ja, stimmt«, wieder trank er von seinem Wein. »Die Zeitungen machten die Geschichte damals groß auf. Sie berichteten von dem geheimen Versteck, den späteren Waffenfunden, wärmten die Geschichte der Partisanen im Krieg wieder auf und stellten die Frage, ob die Keller wirklich schon ihr ganzes Geheimnis preisgegeben hätten, oder ob vielleicht noch weitere Überraschungen dort unten wären.«

Wieder erhob er sich, diesmal jedoch federnd, fast schon beschwingt, nicht mehr schwerfällig, wie zu Anfang. »Warte einen Moment, ich zeige dir was.«

Er lief ins Haus und ich lächelte vor mich hin. Die Abtei schien ihn so zu beflügeln, dass er sogar einfach zum »Du« übergegangen war.

Er kam mit einigen Papierrollen zurück, schob den Weinkrug, sein Glas und ein paar Bücher achtlos zur Seite und rollte die Papiere aus.

»Hier, das sind die ungefähren Pläne der Keller. Sie wurden nie genau vermessen, es sind nur Skizzen.«

Ich beugte mich über die Grundrisse. Unglaublich, wenn der Maßstab nur annähernd stimmte, war nicht nur die Abtei, sondern sogar der gesamte Platz und auch der eingefallene Teil vollständig unterkellert. Es schien unzählige Gänge und Räume zu geben, die sich nach allen Seiten hin ausbreiteten. Jetzt verstand ich, was er meinte, als er es ein Labyrinth genannt hatte.

»Wow, das ist ungewöhnlich. Ich dachte, dass dort alles auf massivem Fels steht.«

»Ja, es ist in der Tat ungewöhnlich! Ich hatte damals gerade, nach dem Studium, im Archiv der Gemeinde meine Stelle angetreten. Ich stellte wochenlang alles zusammen, was wir irgendwo an Unterlagen dazu hatten. Und dann wurden die Keller nochmals von der Polizei durchsucht. Ich war mit dabei, so entstanden diese Pläne, die ich so gut wie möglich gezeichnet habe. Aber sie fanden nichts mehr. Nur, das glaubte damals keiner. Natürlich bekamen die Leute mit, dass ein Suchtrupp tagelang in die Keller hinabstieg. Und so entstanden die wildesten Gerüchte, nach wem - oder besser nach was - man da unten wohl suchte. Das Ganze eskalierte so, dass selbst im Gemeinderat ein Streit darüber ausbrach. Die

Opposition warf dem Bürgermeister vor, er halte Informationen zurück. Irgendjemand sagte dann etwas von Kriegsgold, andere spekulierten, es gäbe geheime Gänge, in denen Diamanten von der Mafia versteckt seien. Es wurde immer verrückter. Und so forderte der Bürgermeister schließlich einen Fachmann an, der die Keller nochmals auf geheime Verstecke untersuchen sollte. Als unabhängiger Gutachter, sozusagen.« Er lehnte sich erschöpft zurück und griff nach seinem Glas. Seine Hand zitterte leicht dabei.

Ich dachte über das nach, was er mir gerade erzählt hatte. So ungewöhnlich war das alles nicht. Ich sah ihn erwartungsvoll an: »Was war mit diesem Gutachter, hat er etwas gefunden?«

»Nicht wirklich. Er war ein Professor aus Neapel, ein feiner Mann, aber er lebte mehr in der Vergangenheit als in der Gegenwart. Er interessierte sich überhaupt nicht für irgendwelche Schätze, die da vielleicht noch aus Kriegszeiten versteckt sein könnten, oder für Beute der Mafia. Für ihn war nur die Geschichte der Abtei interessant. Er studierte tagelang die Bauweise, untersuchte den eingestürzten Teil Stück für Stück, stand oft viele Stunden einfach nur nachdenklich herum und starrte in die Gegend. Ich war ihm zugeteilt worden und musste das alles bei der größten Hitze über mich ergehen lassen. Ich langweilte mich beinahe zu Tode. Ich hatte gedacht, wir würden sofort die Keller untersuchen, aber er vertröstete mich immer wieder. Eines Abends ging ich in die Pension, in der er untergebracht worden war, weil ich ihm noch ein paar Notizen bringen sollte, wenn ich sie ins Reine geschrieben hatte. Das kleine Zimmer war randvoll mit alten Büchern, Dokumenten und Aufzeichnungen. Als ich an diesem

Abend zu ihm kam, hatte er wohl schon ziemlich viel Wein getrunken, er war ganz aufgeregt und bat mich sofort herein.«

Er wollte sich wieder aus seinem Krug nachschenken, aber der war inzwischen leer.

»Hatte er etwas entdeckt?«

»Nun ja, er glaubte es zumindest. Er zeigte mir ein altes Buch, darin ging es um Ordensgemeinschaften aus dem Mittelalter. Und dort war eine Art Wappen abgebildet. Dieses Wappen gab es auch an der Abtei, über dem Haupteingang, schon fast nicht mehr zu erkennen. Aber jetzt wurde mir klar, wonach er all die Tage gesucht hatte. Er war überzeugt, dadurch bewiesen zu haben, dass eben dieser Orden damals die Abtei errichtet und unterhalten hatte. Es war eine sehr mächtige Vereinigung. Er erzählte mir stundenlang davon, aber das meiste habe ich vergessen, denn ich hielt das eher für Spinnerei. Einer uralten Legende nach sei diese Abtei auf einem früheren Römerquartier errichtet worden, das sollte auch die Keller erklären. Laut seinen Recherchen war der Orden eine Art Stützpunkt der Kurie. Den zerstörten Gebäudeteil führte er auf einen Angriff zurück. Und angeblich, so seine Worte, sollten irgendwo in den Kellern einige Geheimkammern sein, die noch heute Gold und andere Schätze enthielten.«

Er erhob sich wieder, nahm den leeren Krug vom Tisch und nickte mir kurz zu, als er nach drinnen ging, um ihn zu füllen.

Ein Schatz also. Ich konnte schon nicht mehr zählen, wie oft ich von solchen Legenden gehört hatte. Und von Verrückten, die dann ihr Leben lang danach suchten. Ich schmunzelte noch immer vor mich hin, als er mit dem Wein zurück an den Tisch kam.

»Hier«, dabei rollte er ein weiteres Papier aus, »das ist das Wappen, es war tatsächlich noch recht gut zu erkennen, damals, wenn man genau hinsah. Inzwischen ist nichts mehr davon übrig.«

»Gut, das mit dem Gold ist sicher Unsinn. Aber das mit den Kellern, könnte es tatsächlich sein, dass ein altes Römerquartier dort stand?«

Er sah mich wohlwollend an und sofort fühlte ich mich zurückversetzt in meine Zeit als Studentin. Da hatte ich einen Professor gehabt, der mich auch immer so ansah, wenn ich ab und zu mal etwas Schlaues gesagt hatte.

»Ja, das könnte schon sein«, nickte er dann, »aber das wäre eine Katastrophe!«

Jetzt sah ich ihn fragend an.

»Wäre das tatsächlich so, müsste die Abtei sofort als Ausgrabungsstätte gemeldet werden.«

»Was wäre daran so schlimm? Ein bisschen Presserummel, ein Haufen Archäologen die in die Gegend kämen, für Coresi doch eher gut, oder?«

»Naja, weißt du, es gibt da verschiedene Interessen. Ein Bauunternehmer würde aus der Abtei gerne so eine Art Wellness-Hotel machen, nah genug zum Meer liegt sie, und die Gemeinde wäre nicht abgeneigt, das ganze Grundstück an ihn zu verkaufen. Wenn es eine Ausgrabungsstätte wird, ist das natürlich nicht mehr möglich.«

»Selbst Denkmalschutz würde schon reichen«, sagte ich mehr zu mir selbst.

Der Professore nickte: »Ja, dann ginge das ganze Projekt den Bach runter.« Er schenkte uns etwas Wein ein und eine Weile hingen wir beide unseren Gedanken nach.

»Aber, warum wurden denn jetzt die Keller zugemauert? Was ist diese zweite Sache, die passierte, von der Sie vorhin sprachen?«

»Ah ja, ja ... also, an dem Abend, als ich die Unterlagen in die Pension brachte und der Gutachter stundenlang auf mich einredete, wurde mir irgendwann ganz schwindlig, weil ich den ganzen Tag in der Hitze gewesen war und fast nichts gegessen hatte. Also verfrachtete er mich ins Lokal im Dorf und bestellte mir eine gute Gemüsesuppe.«

Diese Suppe musste tiefen Eindruck auf ihn gemacht haben, denn er blickte plötzlich ganz verzückt und seine Nase fing leicht an zu zucken, als würde er versuchen, die Suppe zu riechen.

Schließlich fuhr er fort: »Ich aß also, hungrig wie ich war, und der Professore trank noch mehr Wein und redete weiter auf mich ein. Und das tat er so laut, dass das halbe Lokal alles mitbekam, was er sagte. Und er sagte sehr oft die Worte Goldschatz, Abtei und versteckt im Keller.«

»Verstehe, und die Nachricht hat sicher schnell die Runde gemacht?«

»Ja, sehr schnell. Und es gab genug, die bereit waren, das alles zu glauben. Immer wieder stiegen Leute aus dem Dorf in die Keller und suchten alles ab. Natürlich fanden sie nichts, es gab ja auch nichts dort unten. Aber eines Tages verschwanden zwei junge Burschen spurlos. Zuerst glaubte man, sie seien weggelaufen, vielleicht zur Fremdenlegion oder nach Afrika rüber, bis einer die Idee hatte, ob sie nicht in die Keller gestiegen wären. Ein Trupp wurde organisiert und wieder wurde alles abgesucht. Die Keller waren jedoch leer. Kurz bevor man die Suche abbrechen wollte, ging einer der Männer hoch zum See. Es war heiß und er wollte sich etwas abkühlen und den Staub und den Schmutz abwaschen. Er fand einen der beiden Jungs da oben. Halb verhungert und mehr tot als lebendig. Er überlebte knapp, aber er konnte nichts erzählen. Er war völlig verstört und hat nie mehr ein Wort geredet. Er kam in ein Heim, wo man sich um ihn gekümmert hat. Angeblich saß er den Rest seines Lebens immer nur am Fenster und starrte ins Nichts.«

»Und der andere Junge?«

»Man hat ihn nie gefunden.« Er machte eine kurze Pause. »Was komisch war, der Bursche, der überlebt hat, war völlig verdreckt, als sie ihn fanden. Aber anders als man aussieht, wenn man in den Kellern war. Eher so, als hätte er Tage in einer Höhle verbracht. Es wurde natürlich alles rund um den See abgesucht, aber man fand nichts. Keine Höhle, keinen geheimen Eingang, gar nichts.« Er lehnte sich wieder erschöpft zurück.

»Und dann wurden die Keller geschlossen?«

»Ja, die Gemeinde hatte genug. Genug von Schmugglern, Mafiabossen und Schatzsuchern. Sie ließ den Eingang zumauern, die Fenster vernageln und Schlösser an den Türen zur Abtei anbringen. Eine Weile hielten sich natürlich noch ein paar Geschichten wegen des verschwundenen Jungen. Manche behaupteten, er würde dort nachts immer noch die Keller nach dem Gold absuchen, andere wollten ihn in Vollmondnächten im See baden gesehen haben. Eine Weile hielt sich jeder von dort fern. Aber mit der Zeit wurde es dann ruhiger und bald interessierte sich niemand mehr wirklich für die alte Ruine.«

Er nahm wieder einen Schluck Wein, einen kräftigen und langen Schluck diesmal.

»Kaum zu glauben, dass jetzt plötzlich diese Denkmalheinis wieder damit anfangen.« Er hatte den letzten Satz nur gemurmelt, fast hätte ich ihn nicht verstanden.

Es war spät geworden. Ich stand auf und streckte mich.

»Das war sehr interessant für mich, ich danke Ihnen.«
Er lächelte: »Es hat mir Spaß gemacht, ein wenig über die alten Geschichten zu reden. Du kannst mich jederzeit besuchen, wenn du noch mehr wissen möchtest.«

»Ja, vielleicht komme ich darauf zurück. Gerne. Sagen Sie, dürfte ich noch kurz ihr Bad benutzen, bevor ich gehe?«

»Aber ja, einfach geradeaus durch, ist nicht zu verfehlen.«

Die Sonne stand tief, jetzt am Abend, und hatte mich geblendet, daher musste ich mich im Wohnzimmer erst kurz an das diffuse Licht drinnen gewöhnen. Das Zimmer war recht geräumig, an jeder Wand standen hohe Bücherregale, die alle fast aus den Nähten platzten. In einer Ecke thronte ein gewaltiger dunkler Schreibtisch, statt einer Couch gab es nur einen Sessel und keinen Fernseher. Er war ein Mann der Bücher, das war mir sofort klar gewesen. All das nahm ich ganz automatisch wahr, als ich den Raum durchquerte, ohne groß darauf zu achten. Ich zwängte mich am Schreibtisch vorbei, der etwas in den Durchgang zur Diele ragte, und blieb mit dem Fuß an ein paar Ordnern hängen, die halb unter den Schreibtisch geschoben waren. Ich fluchte verhalten, schob die Ordner zurück unter den Tisch und fand das Badezimmer. Der viele Wein und die Flasche Wasser zu Mittag quälten mich schon seit einiger Zeit ganz ordentlich, aber ich hatte den Professore nicht unterbrechen wollen. Ich schloss die Türe, drehte den Schlüssel herum, hatte plötzlich das Bild vor Augen, wie die Dame im Rathaus das Archiv aufgeschlossen hatte, sah die Reihen von Regalen mit all den Unterlagen zur Stadtgeschichte und diese Ordner hatten alle eine ganz ungewöhnliche Farbe gehabt. Ein dunkles Grün, fast schwarz, mit grauen Sprenkeln darin. Genau wie die Ordner, gegen die ich gerade am Schreibtisch mit dem Fuß gestoßen war. Ganz kurz erstarrte ich. Schüttelte den Kopf, um die Gedanken zu verscheuchen, die mir gerade kamen, aber es war schon zu spät, sie ließen sich nicht mehr abschütteln, und so öffnete ich leise die Türe und schlich zurück zu dem Tisch. Ich konnte durch die Fenster die Umrisse des Professors sehen, er saß mit dem Rücken zum Haus und blickte aufs Meer. Ich bückte mich und zog die Ordner heraus. Verdammt! Es waren die gesamten Unterlagen zur Abtei. Drei Ordner, ein paar Mappen, ein paar Papierrollen, das kam genau hin mit dem leeren Platz im Archiv. Falsch einsortiert, von wegen! Ich schob alles wieder so hin, wie ich es vorgefunden hatte, hüpfte auf Zehenspitzen zurück ins Bad, warf einen sehnsüchtigen Blick auf die Toilette, aber dazu war keine Zeit, wenn ich zu lange wegblieb, wirkte das komisch. So drückte ich nur die Spülung, drehte kurz den Wasserhahn auf und öffnete geräuschvoll die Türe, um dann betont gleichgültig zurück auf die Terrasse zu gehen.

Das übliche Abschiedsprozedere begann, bei dem wir uns beide versicherten, wie wundervoll der Nachmittag gewesen war, wie dringend man das wiederholen müsse, wir bedankten uns gegenseitig für alles Mögliche und schließlich verließ ich seinen Garten wieder durch das Tor zum Strand. Ich hatte mich schon fast ganz abgewandt, als ich nochmals kurz stehen blieb. »Ach, sagen Sie, was mir gerade einfällt, ich wohne ja zurzeit in Coresi. Kennen Sie eigentlich Francesco näher?« Ich ließ es so beiläufig klingen, wie ich nur konnte, aber insgeheim achtete ich ganz genau auf seine Reaktion.

»Francesco, hm, Francesco … den aus der Bar?«

»Ja, genau.«

»Hm, kennen wäre übertrieben, ich war ab und an mal auf einen caffè dort, als ich noch im Rathaus gearbeitet habe. Wieso?«

»Ach, das fiel mir nur gerade so ein. Er interessiert sich überhaupt nicht für meine Arbeit an der Abtei, hält das alles für Blödsinn.« Ich zuckte mit den Schultern, winkte ihm nochmals zu und machte mich auf den Weg zum Parkplatz.

4.

Als ich zurück im Dorf war, parkte ich an der üblichen Stelle. Nach dem missglückten Versuch, beim Professore die Toilette zu benutzen, war ich in Rekordzeit hierher zurückgerast. Jetzt saß ich im Auto und mir war klar, dass ich es unmöglich noch bis zu mir in den fünften Stock schaffen würde. Ich atmete tief durch und dann eilte ich in Francescos Bar, hastete mit einem kurzen Nicken an ihm vorbei, spürte seinen erstaunten Blick im Rücken und stürmte, sobald ich außer Sicht war, die letzten Meter in seine Toilette.

Der Rückweg war deutlich entspannter und ich schüttelte den Kopf, als er zur Campariflasche griff, und nahm stattdessen einen Espresso. Wir redeten ein bisschen belanglos über das Wetter, jammerten dann etwas über die weiter anhaltende Hitze und als ich den Moment für günstig hielt, fragte ich wieder ganz beiläufig: »Ich habe heute den Professore getroffen, der aus dem Archiv vom Rathaus. Kennst du ihn?«

Einen ganz kleinen Moment zu lange zögerte er, bevor er antwortete: »Meinst du den Carbone? Nein, nicht besonders. Er war gelegentlich mal hier, früher, aber wir haben nie wirklich miteinander geredet. Wieso fragst du?« Es sollte desinteressiert klingen, aber ich konnte die plötzliche Anspannung spüren, die ihn befallen hatte.

»Ach, nur so, fiel mir gerade ein.«

»Was wolltest du denn von ihm?«

»Ich hatte ein paar Fragen zur Abtei, wegen der Grundrisse, im Archiv haben sie ein paar Pläne verschmissen, da war ich bei ihm, um zu hören, ob er noch ein paar Informationen dazu hat.«

»Ah, aha«, nickte er und begann plötzlich recht eifrig, seine Bar zu polieren.

Es war spät geworden, aber ich war immer noch satt vom Mittagessen. Und Wein hatte ich auch mehr als genug gehabt. So suchte ich in der Küche die größte Caffettiera, die ich finden konnte, kochte mir eine Riesenportion caffè und nahm ihn zusammen mit einer Flasche Wasser mit auf meine Dachterrasse. Ich war unglaublich müde, aber ich musste unbedingt noch etwas erledigen. Ich hatte mir meine Zeichensachen geholt und begann, den Grundriss des Keller aus dem Gedächtnis nachzuzeichnen. Ich kann mir neue Namen von Leuten ungefähr für fünf Sekunden merken, Telefonnummern überfordern mich so, dass ich sie schon vergessen habe, bevor ich einmal mit den Augen zwinkern kann. Mir einen Weg irgendwohin zu beschreiben, der mehr als eine Abzweigung enthält, ist völlig sinnlos, weil ich auch das sofort wieder vergesse. Aber zeigt man mir nur ganz kurz irgendetwas, das mit einem Gebäude zu tun hat, zum Beispiel einen Grundriss, oder, um genauer zu sein, den Plan eines alten Kellers unter einer gewissen Abtei, dann setzt mein fotografisches Gedächtnis ein. So brachte ich eine exakte Kopie des Plans zu Papier, den mir der Professore vorhin gezeigt hatte. Als ich mit dem Ergebnis zufrieden war, schloss ich kurz die Augen. Ich hatte das Wappen des Ordens nur auf dem Kopf stehend gesehen, ich musste es erst gedanklich umdrehen, dann zeichnete ich auch das auf. Es war recht unscheinbar, ein Oval, das mit ein paar Symbolen gefüllt war, einem Pferd, einem Fisch und der Rest hatte ausgesehen wie ein Feld, das kurz vor der Ernte steht, mit einem Kreuz darin.

Der caffè hatte keinerlei Wirkung gezeigt, ich war so müde, dass mir immer wieder die Augen zufielen. Mir schwirrten die Informationen der letzten Stunden im Kopf herum. Das war alles so konfus. Ich versuchte verzweifelt, einen roten Faden in die Geschichte zu bekommen, aber irgendwie schien es, als gäbe es viel zu viele Handlungsstränge. Schmuggler, Waffen, ein verschwundener Junge, einer, der traumatisiert war, ein Goldschatz, ein altes Römerquartier, Schatzsucher und ein Bauunternehmer, der ein Hotel bauen wollte. Dann Francesco, der sich mir gegenüber einen Dreck für die Abtei interessierte, dessen Cousin mir aber etwas ganz anderes erzählte. Und wie wahrscheinlich war es bitte, dass jemand, der über vierzig Jahre nebenan im Rathaus gearbeitet hatte, angeblich fast kein Wort mit dem Inhaber der Bar direkt daneben wechselte? Dazu die verschwundenen Unterlagen im Archiv, die dafür beim Professore zuhause wieder auftauchen. Nun gut, warum die Keller zugemauert wurden, das leuchtete mir ein, aber wer hatte dieses Gitter an der Kellertreppe angebracht, von dem angeblich niemand etwas wusste? Und wozu hatte man es angebracht, wenn doch ein paar Meter weiter ohnehin nur die zugemauerte Wand kam ...? Ich konnte nicht mehr denken, all das begann sich in meinem Kopf zu einem einzigen wirren Brei zu vermischen. Ich schleppte mich ins Schlafzimmer und ließ mich, wie ich war, einfach aufs Bett plumpsen.

5.

Am nächsten Morgen saß ich bei meinem ersten caffè des Tages wieder auf der Dachterrasse. Die Nacht war grässlich gewesen, ich hatte wirres Zeug geträumt, von dunklen Kellern mit endlosen Gängen und dem Jungen, der mit einer Laterne darin herumirrte. Immer wieder war ich hochgeschreckt. Dazu kam die Hitze, die immer schlimmer wurde. Die Wohnung kochte auch nachts wie ein Backofen und ich würde die kommende Nacht vermutlich im Freien, auf der Terrasse, schlafen, drinnen war es nicht mehr auszuhalten. Meine Gedanken kreisten ständig um die alte Abtei und das Geheimnis, das sie vielleicht verbarg. Damit meinte ich nicht den Goldschatz, das hielt ich für Schwachsinn, sondern all die anderen Ungereimtheiten, wie das Gitter an der Kellertreppe und am Turm, den falschen Grundriss im Erdgeschoss, wo mir immer noch ein paar Meter fehlten, und natürlich das Römerquartier. Sollte das tatsächlich stimmen ... aber nun, es war ja alles gründlich abgesucht worden, wer war ich, dass ich mir einbildete, ich würde mehr finden als all die anderen vor mir? Aber eines war klar: Ich musste in diesen Scheißkeller. Das zumindest ließ ich mir nicht nehmen, ich wollte ihn mit eigenen Augen sehen, so etwas war genau mein Ding. Und ich hatte da so eine Vermutung, dass es gar nicht so schwer sein würde, hineinzukommen.

Nachdem ich auf der Piazza stand, beschloss ich, noch auf einen weiteren caffè zu Francesco in die Bar zu gehen, vielleicht konnte ich ihm ja unauffällig noch irgendetwas entlocken. Ich warf im Vorbeigehen einen Blick auf den Strafzettel unter meinem Scheibenwischer. Die Summe war inzwischen dreistellig geworden und bald würde der Parkwächter auf der Rückseite weiterschreiben müssen. Ich grinste, irgendwann sollte ich mich darum kümmern.

Ich begrüßte Francesco und stellte mich zu ihm an die Bar. Es war heiß hier drin, zwar war der Raum vor der Sonne geschützt im Erdgeschoss, aber die ganzen Maschinen und Geräte wirkten wie kleine Heizungen und von draußen kam auch jetzt am Morgen schon nur warme Luft hereingeströmt.

Ich sah mich kurz um. Es waren kaum Leute hier, für das Frühstück war es schon zu spät und für einen Aperitivo noch zu früh. Nur ein paar Männer saßen, in ihr Kartenspiel vertieft, an einem der Tische und ein Mann in der Uniform der Stadtpolizei las an einem anderen die Zeitung.

Francesco stellte mir die Kaffeetasse hin und beugte sich dabei weit über den Tresen: »Da ist jemand, der sucht dich schon seit Tagen«, flüsterte er dann unauffällig.
Ich erstarrte kurz. »Der Polizist?«, formte ich dann lautlos mit meinen Lippen die zwei Worte.

Er nickte und drehte sich zu seinen Flaschen und Gläsern um. Als er wieder in meine Richtung sah, deutete ich fragend leicht mit dem Kopf in Richtung meines falsch geparkten Wagens. Wieder nickte er kurz und drehte sich abermals um.

Scheiße! Ich hatte ja gewusst, dass ich mich irgendwann darum kümmern musste, aber jetzt war ich nicht vorbereitet, ich hatte keine Geschichte parat, um mich aus der Sache herauszureden. Ich legte ein paar Münzen in meine Untertasse und machte, dass ich hier wegkam. Ich wollte mich gerade unauffällig in Richtung Ausgang schieben, als es hinter mir fragte: »Entschuldigung, Signora Ravenna?« Eine tiefe, sehr angenehme Stimme.

Ich drehte mich in Zeitlupe um. »Jaaa?«, antwortete ich dann gedehnt.

»Signora Chiara Ravenna?«, versicherte er sich nochmals.

»Ähm, ja?«

Er zeigte, so wie ich vorhin, mit dem Kopf in Richtung meines Autos: »Dann ist das Ihr Fiat?«

Ich nickte zögernd und überlegte dabei angestrengt, wie ich aus der Sache rauskommen könnte. Vielleicht ein wichtiger Termin beim Bürgermeister oder ein kranker Verwandter - ja, das wäre eine Möglichkeit. Aber nein, ich war nicht von hier, während er garantiert das ganze Dorf kannte, das würde nicht funktionieren. Meine Gedanken überschlugen sich immer mehr.

»Sie wissen, dass dort absolutes Halteverbot ist?«, unterbrach er meine Überlegungen.

Und dann hatte ich die Lösung, mein ältester Trick, ich konnte schon nicht mehr zählen, wie viele Polizisten ich bei kleineren Verkehrsverstößen damit aus der Fassung gebracht hatte. Ich ließ meine

Schultern nach vorne sacken, riss meine Augen ganz weit auf und blickte ihn dann mit leicht zitternder Unterlippe ängstlich an: »Verhaften Sie mich jetzt?« Wumm! Das saß! Sein eben noch völlig strenger Blick wich einem verblüfften Gesichtsausdruck. »Äh, nein, ich, wieso, ich wollte nur mit Ihnen ...«, stotterte er dann.

Das wirkte einfach so gut wie immer. Aber diesmal machte ich einen Fehler. Ich war so verdammt stolz auf mich, dass es wieder geklappt hatte, dass ich den ängstlichen Gesichtsausdruck nicht halten konnte, so sehr ich mich auch bemühte. Meine Unterlippe fing plötzlich an zu schwingen, dann zuckte meine Nase und ich konnte mich nicht mehr zurückhalten und lachte los. Sein Gesichtsausdruck wurde noch ungläubiger und dann kapierte er, was ich versucht hatte, und obwohl er wieder streng schauen wollte, musste auch er plötzlich loslachen und schließlich grinsten wir uns beide fröhlich an.

»Wir sollten uns kurz unterhalten«, meinte er schließlich und deutete auf den Tisch, an dem er gesessen war.

»Ja, das sollten wir wohl. Wird man es mir als versuchte Bestechung auslegen, wenn ich Sie zu einem Glas Wein einlade?«

Er zögerte kurz, schielte auf seine Uhr und nickte: »Nein, ich denke ein Glas geht noch straffrei durch.«

Francesco, der die ganze Szene hinter der Bar gebannt beobachtet hatte, nahm das Stichwort auf und füllte zwei Gläser für uns.

Wir saßen uns eine Weile schweigend gegenüber, bis Francesco die Getränke an den Tisch gebracht hatte.

»Was macht eine junge Frau wie Sie so Wichtiges in unserem schönen Dorf, dass sie hier jeden Tag falsch parken muss?«, begann er schließlich die Unterhaltung.

»Ich wohne oben, in einer Wohnung von« - fast hätte ich Contessa gesagt - »Signora Palumbo. Ich bin für ein paar Wochen hier in Coresi, ich arbeite an der alten Abtei.«

»Sie arbeiten an der Abtei?«

»Ja, ich bin Geometra, ich soll sie vermessen und die Katasterpläne überarbeiten. Und oft muss ich schwere Akten befördern und auch immer wieder ins Rathaus«, schob ich noch hinterher, um die Wichtigkeit, genau an dieser Stelle parken zu müssen, zu unterstreichen.

»Aha«, er hatte jetzt sein bestes Pokerface aufgesetzt und ließ sich keine Regung anmerken.

Ich trank einen Schluck Wein. Nickte ihm zu: »Ich mag die Weine aus eurer Gegend hier, sie sind noch sonniger als bei uns in der Emilia.«

»Sie sind aus der Emilia?«

»Ja, aus der Gegend von Ravenna, wir haben einen Hof, oben in den Hügeln, wir bauen Wein an.«

»Ich habe Verwandte dort in der Nähe, bei Bologna, ich wurde hier geboren. Eigentlich wollte ich immer weiter in den Norden, aber dann lernte ich meine spätere Frau kennen und bin hier geblieben. Mein Schwiegervater ist auch Winzer.«

Jetzt hatten wir ein Thema, wir sprachen über Weine, über die Unterschiede der einzelnen Anbaugebiete, stritten zwischendurch ein wenig, welche Sorte wo am besten angebaut werden sollte, bestellten uns noch ein frisches Glas bei Francesco und vergaßen völlig, weswegen wir eigentlich hier saßen.

»Signore, wegen des Parkplatzes ...«, griff ich das Thema irgendwann wieder auf.

»Simone«, verbesserte er mich lächelnd, »ich heiße Simone. Wer steckt denn hinter dem Auftrag, die Abtei zu vermessen?«

Ich zuckte mit den Schultern: »Es ist irgendein Regierungsprojekt, wegen Denkmalschutzbestimmungen oder so.«

»Also könnte man sagen, dass du im Auftrag der Regierung tätig bist?«

Ich wusste nicht, worauf er hinauswollte. »Ja, im Prinzip könnte man das so sagen.«

»Nun, in dem Fall wäre ich berechtigt, dir einen Sonderparkausweis auszustellen«, grinste er mich an. Ich musste schmunzeln. Natürlich hätte er auch einfach ignorieren können, dass ich ständig falsch parkte. Aber das ging eben nicht. Es hätte ihn schlecht dastehen lassen, wenn jemand unter seinen Augen so provokativ einen Verstoß begeht und er ihn nicht ahnden würde. Aber mit einer Sondergenehmigung hätte alles wieder seine Ordnung.

»Das wäre großartig«, lächelte ich zurück.

»Und zudem kannst du dann auch ganz offiziell an der Abtei parken. Denn eigentlich ist das ganze Grundstück gesperrt und darf nicht betreten oder befahren werden.«

Jetzt sah ich ihn fragend an: »Wieso das?«

»Das geht zurück auf die Zeit, als die Keller und das Gebäude verschlossen wurden.«

»Ja, ich habe davon gehört, ich war gestern bei Professor Carbone.«

»Ah, der Professore. Ich habe ihn länger nicht mehr gesehen, seit er in Rente ist. Er hat damals mit meinem Vater und anderen die alten Keller durchsucht. Mein Vater war auch schon Polizist, hier in Coresi.«

»Er hat mir davon erzählt. Auch von den Gerüchten um den Goldschatz und das alte Römerquartier. Und dass, nachdem man nichts gefunden hatte, die Keller zugemauert wurden.«

»Ja, mein Vater hat oft davon gesprochen, das waren verrückte Geschichten. Immerzu mussten sie Leute aus den Kellern holen, die dachten, dort sei etwas zu finden.«

»Aber es gab dort unten nichts Ungewöhnliches, oder?«

Ich sah ihn fest an, irgendwie spürte ich plötzlich so ein Kribbeln im Bauch.

»Nein, nichts, sie haben absolut nichts gefunden.«

»Ich muss los, sonst wird es zu heiß, um draußen zu arbeiten«, damit erhob ich mich. Wir schüttelten uns die Hände und verabschiedeten uns lange und ausführlich. Ich zahlte unsere Sachen bei Francesco an der Kasse und der schaute mich bewundernd an und schüttelte leicht den Kopf. Er schien fasziniert zu sein, wie sich die Geschichte mit meinem Parkticket entwickelt hatte. Ich zwinkerte ihm zu und machte mich auf den vertrauten Weg zur Abtei.

6.

All das wurde immer verrückter. Ich dachte über das Gespräch mit Simone, meinem neuen Freund von der Polizei, nach. Seine Antwort auf meine letzte Frage hatte einen Hauch zu lange gedauert, fast so, als hätte er kurz überlegt, ob er etwas erzählen sollte, was er eigentlich nicht weitersagen durfte. Wusste er irgendetwas von seinem Vater, der bei der Durchsuchung der Keller dabei gewesen war? Wieder hatte sich die ganze Handlung verkompliziert. Aber egal wer mir was erzählt hatte, es schien sich immer wieder um die Keller zu drehen, sie kamen in jeder Geschichte vor, die ich bis jetzt gehört hatte. Und vermutlich war die Lösung dort zu finden. Ich musste da rein, und dann würden wir ja sehen, was ich fand.

Ich bin beruflich oft an diesen alten Häusern, meist halben Ruinen, die von den Besitzern nicht mehr bewohnt werden und leer stehen. Aber dennoch sind diese Häuser fast immer abgeschlossen, um ungebetene Übernachtungsgäste fernzuhalten. Entweder sind die Türen mit den alten Schlosskassetten versperrt oder man hat irgendwann einen kleinen Riegel daran geschraubt. Es waren keine stabilen Sicherungen, aber sie genügten meist. Sobald nämlich ein Schloss vorhanden war, galt das Betreten rechtlich als Einbruch und das schreckte bereits die meisten Besucher ab. Aber immer wieder gehen die Schlüssel über die Zeit verloren. Ich hatte daher schon vor Jahren angefangen, alte Schlüssel zu sammeln. Oft bekam man auf Flohmärkten große Schlüsselbunde für wenig Geld. Ich bewahrte meine Sammlung in einer alten Zigarrenkiste auf, die immer griffbereit im Kofferraum lag. Es waren inzwischen Hunderte geworden, die ich mit Drahtschlingen, je nach Größe und Art, sortiert hielt. Ich hatte große, für Haustüren, kleinere, die für Zimmertüren oder Schränke passten, und eine ganze Reihe für die üblichen alten Vorhängeschlösser. Und genau so ein Schloss war auch an der Gittertüre zur Kellertreppe. Ich parkte meinen Wagen und suchte aus meiner Kiste ein paar Bunde heraus, die in etwa passen konnten. Es war fast Mittag und die Sonne stand hoch am Himmel. Sehnsüchtig dachte ich an den See, aber dabei fiel mir auch der Junge ein, den sie dort gefunden hatten, und meine Träume aus der vergangenen Nacht, und so verkniff ich es mir, ein Bad zu nehmen, und ging stattdessen in die Abtei.

Es war angenehm kühl in der ehemaligen Kirche und ich lehnte mich an den kalten Stein der dicken Außenwand und zündete mir eine Zigarette an. Genau gegenüber war der Zugang zur Kellertreppe, den ich vor ein paar Tagen, erst auf den zweiten Blick, entdeckt hatte. Ich überlegte nochmals, ob ich es wirklich tun sollte, aber, wie hatte Simone so schön gesagt, ich war im Auftrag der Regierung tätig. Und mein hochoffizieller Auftrag lautete, ich solle die gesamte Abtei vermessen. Und niemand hatte explizit zu mir gesagt, ich dürfte nicht auch die Keller miteinbeziehen oder müsste einen großen Bogen um irgendwelche Gittertore machen. Also konnte mir auch niemand etwas vorwerfen, wenn ich mir die Keller näher ansah. Ich grinste etwas, um das mulmige Gefühl zu vertreiben, suchte eine der starken Akkulampen aus meiner Ausrüstung heraus und ging dann zielstrebig auf die andere Seite und stieg die Treppe hinab.

Kapitel 4

1.

Das Schloss am Gittertor machte, wie erwartet, keine großen Probleme. Bereits der vierte Schlüssel, den ich ausprobierte, passte und das Tor schwang mit einem durchdringenden Quietschen auf. Ich stieg die restlichen Stufen hinunter, die man auch vorher bereits hatte sehen können, und linste dann am Fuße der Treppe vorsichtig um die Ecke. Der Blick war jedoch völlig unspektakulär, denn ich sah lediglich eine weitere Treppe, die sich an der nächsten Kehre verlor. Also gut, ich atmete tief ein und ging weiter. Wieder blickte ich vorsichtig um die Ecke und sah einen kleinen Raum. Der Geruch hier war modrig und unangenehm, die rohen Wände glänzten nass. Klar, die Luft von oben war wärmer und an dem kalten Stein schlug sich die ganze Feuchtigkeit nieder. Auf der gegenüberliegenden Seite führten nochmal vier Stufen nach unten und mündeten in einen weiteren Raum. Das musste der eigentliche Zugang zu den Kellern sein. Ich leuchtete in alle Richtungen. Es standen ein paar alte, vergammelte Kisten hier, einige Bretter lagen wahllos verstreut, wohl alles Sachen, die man zurückgelassen hatte, als die Keller durchsucht und ausgeräumt worden waren. Auch hier waren die Mauern kahl und der Stein unbearbeitet. Nur an einer der Wände fand ich, wonach ich gesucht hatte. An ihr lehnten diverse Bretter und Balken, es sollte so aussehen, als hätte man sie zufällig hier angelehnt. Aber ich hatte schon so eine Ahnung gehabt. Ich war sicher, dass irgendwann jemand den Zugang wieder aufgebrochen hatte, um weiter nach dem angeblichen Schatz zu suchen. Und um nicht entdeckt zu werden, hatte er es irgendwie geschafft, oben das Gitter anzubringen, um unerwünschte Besucher fernzuhalten. Besucher wie mich, zum Beispiel. Meine Lampe flackerte kurz und ich versuchte, mich zu erinnern, wann ich das letzte Mal den Akku geladen hatte, aber dann funktionierte sie wieder und ich vergass alles andere, denn ich wollte endlich in diese Keller. Die Bretter, die an der Mauer lehnten, waren schwer und ich musste mich unendlich anstrengen, sie zur Seite zu räumen, aber schließlich schaffte ich es, sie Stück für Stück von der Wand zu entfernen. Es waren viel mehr, als ich gedacht hatte, und bei den letzten Teilen verließ mich endgültig jede Geduld und ich zerrte einfach so lange daran, bis sie krachend in den Raum kippten. Ich hatte mir ziemlich viele Schiefer eingezogen und das letzte große Brett erschlug mich fast, als ich es endlich schaffte, es umzukippen. Als es auf dem Boden aufschlug, stieg eine riesige Staubwolke hoch. Der aufgewirbelte Staub sah ganz faszinierend aus im Licht meines Scheinwerfers, aber leider nahm er mir sowohl jede Sicht als auch den Atem. Ich hustete und keuchte und versuchte, möglichst wenig davon in die Augen zu bekommen. Es war aussichtslos, ich trat den Rückzug an und rettete mich ein paar Stufen nach oben, um dort abzuwarten, bis sich der Dreck wieder gelegt haben würde. Mein Herz raste und ich schwitzte trotz der kühlen Luft wie verrückt, aber ich würde hier nicht weggehen, ohne endlich die Gänge unter der Abtei erkundet zu haben.

2.

Ich weiß nicht, wie lange ich hier stand, irgendwann hatte ich genug und ging wieder ganz nach unten. Der Staub hatte sich ziemlich verzogen, nur ein paar Teilchen schwirrten noch in der Luft und glitzerten im Licht der Lampe wie kleine Diamanten, die frei im Raum schwebten. Und dann sah ich mir an, was ich unter dem Stapel freigelegt hatte. Ich starrte ziemlich lange auf das, was ich da sah, denn ich hatte mir alles Mögliche ausgemalt, nur nicht das, was es tatsächlich war. Nämlich nichts. Nichts, außer einem zugemauerten Eingang. Ich traute meinen Augen nicht, ich war so fest davon überzeugt gewesen, der Zugang wäre aufgebrochen worden, dass mir die Worte fehlten. Ich klopfte die Steine ab, sie klangen alle massiv und fest. Ich rüttelte an einigen, sie bewegten sich jedoch kein Stück. Ich klopfte die anderen Wände ab, aber das war sinnlos. Man sah sofort, dass hier nirgends irgendeine Türe oder eine andere Art von Zugang sein konnte. Ich trat wütend gegen einen der Balken, die ich so mühsam von der Wand gezerrt hatte, vergaß, dass ich nur Flip-Flops trug, und der Schmerz trieb mir die Tränen in die Augen. Es reichte, ehrlich, ich hatte langsam die Schnauze voll von diesem komischen Gebäude. Wütend stapfte ich die Treppen nach oben, was sehr seltsam ausgesehen haben musste, da ich nach dem Tritt gegen den Balken ziemlich hinkte. Oben durchquerte ich die Kirche und als ich wieder im Freien war, stürzte ich mich förmlich auf meinen Wagen, um mir eine Zigarette herauszuholen. Als ich mein Spiegelbild im Autofenster sah, erschrak ich. Ich sah aus wie ein Geist, der im Bergwerk gearbeitet hatte. Die Haare ganz weiß vom Staub, das Gesicht dreckig verschmiert, wohl von den schmutzigen Balken, als ich mir immer wieder mit den Händen den Schweiß aus dem Gesicht gewischt hatte. Und meine Hände, die sahen aus wie ein Igel, unzählige kleine Holzsplitter steckten in ihnen. Ich zündete mir eine Zigarette an, lehnte mich mit dem Rücken an mein Auto und funkelte die Abtei böse an. Wenn diese alten Häuser mich so hart rannehmen, wie jetzt gerade eben, nehme ich das immer persönlich. Die Keller waren also wirklich geschlossen. Diese ganzen Überlegungen, die ich die letzten Tage angestellt hatte, die Gespräche, das war alles völliger Unsinn gewesen! Hätte ich einfach meinen Job erledigt, wäre ich schon fast fertig und könnte langsam an meine Abreise denken. Ich nahm einen letzten tiefen Zug aus der Zigarette und schnippte sie dann wütend an die Hausmauer. Goldschatz, Mafia-Versteck, verschwundene Jugendliche, all die Legenden um das verfallene Gebäude. Ich war wütend, wütend auf mich, dass ich mich mit diesem ganzen Blödsinn überhaupt beschäftigt hatte. Am liebsten wäre ich jetzt sofort zurück ins Dorf gefahren, hätte mir einen schönen, eiskalten Weißwein bestellt und mich ausgeruht. Aber ich sah aus wie ein Schwein, so konnte ich unmöglich zurück. Ich nahm meine Badetasche aus dem Kofferraum und stieg hinauf zum See. Ein kühles Bad würde mir gut tun und danach würde ich auch wieder einigermaßen zivilisiert aussehen.

Wie auch die letzten Male wirkte der kleine See sofort völlig beruhigend auf mich. Seine stille Oberfläche war wie der Blick in einen Zen-Garten, man hatte das Gefühl, die eigene Seele passte sich sofort diesem ruhigen Muster an und ich musste lächeln. Diese Wutausbrüche, so wie vorhin, kamen schnell bei mir, aber sie verrauchten auch wieder rasch. Ich machte vom Ufer aus einen Hechtsprung, um den Schlickgürtel zu überwinden, tauchte ein paar Züge und drehte mich dann auf den Rücken. Ich schaute hoch in den Himmel, den man etwas zwischen den Bäumen hindurchsehen konnte, und ließ mich einfach treiben. Es war so beruhigend, umhüllt vom Wasser, zu spüren, wie sich Schweiß und Schmutz vom Körper lösten. Ich war so richtig entspannt. Und dann streifte etwas meinen Fuß! Sicher war es nur irgendeine Wasserpflanze. Aber ich war wohl doch nicht so tiefenentspannt, wie ich gedacht hatte. Ich sah plötzlich das Bild des damals verschwundenen Jungen, wie er unter Wasser trieb und nach meinem Fuß griff. Ich stieß einen Schrei aus, schlug wild um mich, schluckte dabei eine Menge vom abgestandenen Wasser des Sees, hustete und kämpfte mich, so schnell ich konnte, ans Ufer. Dort raffte ich meine Sachen zusammen und sprintete zu meinem Wagen. Diesmal war es mir herzlich egal, wie das wirkte, ich wollte einfach nur noch weg von hier.

3.

Nach meiner Flucht war ich auf direktem Weg in meine Wohnung gefahren, hatte endlos geduscht, meine malträtierten Hände gepflegt und jetzt saß ich auf der Dachterrasse und nippte gelegentlich an einem Glas Weißwein. Zwischendurch schüttelte ich den Kopf darüber, wie bescheuert ich mich heute benommen hatte. Aber gut, ich hatte mich wieder beruhigt und ab morgen würde ich einfach nur meiner eigentlichen Arbeit nachgehen, die restlichen

Maße nehmen und dann könnte ich in ein paar Tagen nach Hause fahren und mich auf den Sommer am Meer freuen.

Für heute, fand ich, hatte ich mir trotzdem etwas Gutes verdient und so beschloss ich, mir bei Salvatore im Dorf ein schönes, ausgedehntes Abendessen zu gönnen.

Wie jedesmal, nach einem Besuch bei ihm, schleppte ich mich völlig überessen, aber zufrieden zu Francesco in die Bar, um noch etwas zur Verdauung zu trinken. Ich kämpfte mich mühsam auf einen der Barhocker und presste ein »Averna, schnell!« heraus.

Francesco grinste, während er mir den Drink zubereitete, wie ich ihn gerne mochte, nämlich mit viel Eis und einer Scheibe Zitrone. Es war zwar Samstag, aber die Bar war schon ziemlich leer um diese Uhrzeit. Wie so oft saß Ignazio Benedetti, der Rathausangestellte, ganz am Ende des Tresens, starrte missmutig in sein kleines Bier und tat so, als hätte er mich noch nie zuvor gesehen. Dann waren noch ein oder zwei Tische in der Mitte des Lokals besetzt und ganz hinten saßen wieder die beiden Männer, die schon einmal hier waren und denen Benedetti damals unmerklich ein Zeichen gegeben hatte, als ich die Bar verließ.

Francesco hatte irgendetwas zu mir gesagt, aber ich hatte es nicht mitbekommen, so schaute ich ihn nur fragend an und er wiederholte: »Wie kommst du voran, oben an der Abtei?«

Ich zuckte mit den Schultern: »Ganz okay, es ist verdammt heiß zurzeit, ich muss noch die ganzen Außenmaße nehmen und ein paar Räume im ersten Stock fehlen auch noch, dann hab ich es soweit.«

»Und, meinst du, es wird unter Denkmalschutz gestellt?«, er ließ es beiläufig klingen, aber seine Sinne waren aufs Äußerste gespannt, während er auf meine Antwort wartete.

»Nun, keine Ahnung, wohl eher nicht«, sagte ich leichthin. Und gerade als sich seine Züge wieder entspannten, schob ich wie nebenbei hinterher: »Wer weiß, vielleicht finde ich ja ein altes Römerquartier und es wird zur Ausgrabungsstätte erklärt.«

Seine Reaktion sprach Bände. Er ließ fast das Glas fallen, das er gerade in der Hand hatte, und wurde ganz blass. Er setzte mehrmals an, etwas zu sagen, aber ich schwang mich vom Hocker und ging in Richtung der Toiletten. Ich wollte diese Unterhaltung ganz bewusst nicht weiterführen. Mein kleiner Test war erfolgreich gewesen. Ich wusste jetzt definitiv, dass ihm die Abtei alles andere als egal war.

Ich ließ mir viel Zeit und wusch meine Hände dann noch besonders ausführlich, schnitt ein paar Grimassen im Spiegel und schlenderte dann wieder zurück in den Gastraum. Als ich an dem Tisch mit den beiden Männern vorbeikam, sprach mich einer von ihnen an:

»Entschuldigung, sind Sie nicht die Signora, die oben die Vermessungsarbeiten an der alten Abtei vornimmt?«

Ich drehte mich halb um und musterte ihn genauer. Ein Mann um die fünfzig, graue Schläfen, einen hauchdünnen Oberlippenbart, in der Hand ein Zigarillo. Der Anzug teuer, sicher vom Schneider, die Schuhe nicht unter vierhundert Euro und die Uhr, die er trug, könnte eine Familie ein ganzes Jahr lang ernähren. Er lächelte verbindlich, sah sehr freundlich aus, aber ich konnte an seinen Augen erkennen, dass er knallhart und unerbittlich war, wenn es darauf ankam.

»Und Sie sind?«, erwiderte ich kühl.

»Ah, entschuldigen Sie, wie unhöflich von mir, ich bin Vincenzo Catalano. Wollen Sie sich einen Augenblick zu uns setzen?«, damit deutete er auf einen der Stühle am Tisch.

»Chiara Ravenna, angenehm«, antwortete ich ihm, blieb aber stehen.

Er war viel zu gewandt, um sich dadurch aus der Ruhe bringen zu lassen, und lächelte demonstrativ weiter.

»Und, wie gefällt es Ihnen bei uns in der Gegend?«

»Es ist schön hier. Ich mag die Landschaft. Hören Sie, ich hatte einen langen Tag und …«, ließ ich den Satz offen.

»Aber natürlich, das verstehe ich. Entschuldigen Sie meinen Überfall. Wir sind nur alle so gespannt, ob unsere alte Abtei doch so bedeutend sein soll.«

»Aha, nun, das habe ich nicht zu entscheiden, ich nehme nur die Maße und den Zustand auf.«

Er überlegte fieberhaft, wie er das Gespräch in Gang halten könnte, aber ich zog mein Handy aus der Hosentasche und warf einen wichtigen Blick aufs Display, murmelte eine Entschuldigung und nutze die Gelegenheit, mich zu entfernen, während ich so tat, als müsste ich einen Anruf führen.

Zurück an der Bar, musterte mich Francesco neugierig und wollte mich gerade etwas fragen, aber ich hob ihm mein leeres Glas vors Gesicht und bat ihn, es wieder aufzufüllen.

»Woher kennst du denn den Catalano?«, fragte er mich dann schließlich, als er mir den Averna hinstellte.

»Ich kenne ihn nicht, er hat mich angesprochen, wegen der Abtei. Wer ist der Typ denn?«

»Vincenzo Catalano ist einer der ganz großen Bauunternehmer hier in der Gegend«, er machte eine kurze Pause, »und der Schwager von ihm hier«, dabei nickte er unmerklich mit dem Kopf in Richtung von Signor Benedetti, der noch immer eingesunken am Ende der Bar saß.

4.

Ich war zurück in meiner Wohnung und dachte über den Abend in der Bar nach. Das war ja wirklich entzückend. Nun hatten mich also gleich zwei Leute heute Abend fast ängstlich gefragt, ob die Abtei tatsächlich unter Denkmalschutz gestellt werden würde. Warum dieser Catalano das wissen wollte, war mir klar, der Professore hatte mir ja erzählt, dass er gerne ein Hotel auf dem Grundstück bauen würde. Aber warum war das für Francesco so wichtig? Und die Aussicht, es könnte dort eine Ausgrabung stattfinden, hatte ihm erst recht zugesetzt. Und dann dieser Benedetti aus dem Rathaus. Er leitete die Abteilung »Gebäudeverwaltung« und sein Schwager war am Kauf der Abtei interessiert. Wieder wurde alles noch verworrener. Und dann dachte ich an den Tag heute an der Abtei, den zugemauerten Keller und an mein Vorhaben, ab jetzt einfach nur noch meinen Job zu machen. Genau! Die konnten mich doch langsam mal alle hier! In ein paar Tagen war ich weg und dann ging mich das ohnehin überhaupt nichts mehr an.

Die Nacht war so schön, viel zu schön, um sich diesen ganzen Gedanken hinzugeben. Der Himmel war tiefschwarz, wie Samt, der Sternenhimmel so plastisch, dass man das Gefühl hatte, man könne direkt nach den kleinen, funkelnden Diamanten greifen, die, wie zufällig platziert, am Himmel schwebten. Die Wohnung war viel zu heiß, um darin zu schlafen und so holte ich mir ein Kissen und eine leichte Decke und machte es mir auf einer der Liegen bequem. Ich lag auf dem Rücken, den Blick auf die Sterne gerichtet, fühlte mich plötzlich von allem losgelöst und glitt so, mit einem Lächeln im Gesicht, ganz sanft ins Traumland und schlief wie ein Stein, bis mich am Morgen die Kirchenglocken sehr früh weckten. Es war Sonntag und heute wollte ich ans Meer fahren, egal wie voll es dort sein würde. Mir fehlte der Strand und das Wasser und ich hatte einfach Lust, einmal wieder einen ganzen Tag dort zu verbringen.

Zuhause hatte ich meine festen Plätze an verschiedenen Stränden. Wollte ich alleine sein, dann ging ich an den endlos langen Freistrand, der bei Lido di Dante beginnt und sich fast zwölf Kilometer lang ausbreitet. Dort gab es immer ein einsames Plätzchen, an dem man für sich war. Aber an den meisten Tagen ging ich in das Strandbad, das meinem Freund Mario gehört. Hier war immer eine Liege für mich reserviert, außerhalb der eigentlich dafür vorgesehenen Zone, und ich bekam auch immer einen Tisch in seinem kleinen Restaurant, egal wie kurzfristig ich dort auftauchte. Hier hatte ich diese Privilegien natürlich nicht und bei dem Wetter würden so gut wie alle Italiener weit und breit mit ihren Familien ans Meer fahren. Die Restaurants verteilten an solchen Tagen morgens dann Reservierungsnummern und es wurde in mehreren Schichten zu Mittag gegessen, um allen irgendwie

Platz bieten zu können. Auf sowas hatte ich keine Lust, jedoch schon eine Idee, wie ich dem Trubel etwas würde entgehen können.

Ich packte meine paar Sachen ein, nahm eine Flasche Wasser mit und war schnell startklar. Ich winkte Francesco zu, der gerade seine Bar aufschloss, amüsierte mich über seinen erstaunten Blick und gab Gas. Wenngleich an einem solchen Tag am Meer viel los sein würde, wir Italiener sind nicht unbedingt große Freunde davon, uns zu hetzen, nur weil es später vielleicht Stau geben könnte. Nein, wir sind diese Art Individualisten, die denken, niemand anderer käme auf die Idee, genau das Gleiche machen zu wollen, wie man selbst gerade. Und ich wusste aus eigener Erfahrung, wie ungläubig man dann schaute, wenn man am späten Vormittag im Stau in Richtung Meer stand und nicht fassen konnte, dass tatsächlich auch die anderen genau dahin wollten. Wenn ich nicht auf dem Hof bei meinen Eltern bin, dann lebe ich in einem kleinen Haus direkt am Meer. Und meine liebste Zeit dort ist der frühe Morgen, wenn noch niemand da ist, dann laufe ich oft stundenlang am Strand entlang und kann nicht genug bekommen von der Weite und der Einsamkeit.
Mein erster Stop war unten in Coresi der Zeitschriftenhändler, bei dem ich mich mit ein paar Magazinen und Zeitungen für den Tag eindeckte. Dann fuhr ich die paar Meter an den Strand und ließ meine Sachen noch im Auto. Ich lief einige der Strandbars ab, bis ich eine fand, die schon geöffnet hatte, und setzte mich an einen der jetzt noch freien Tische mit Blick aufs Meer. Noch war die Theke mit den Hörnchen, dem klassischen Frühstück bei uns,

gut gefüllt und ich hatte die Qual der Wahl. Dazu
bestellte ich mir einen Cappuccino und vertiefte mich
in eine meiner Zeitungen. Hier konnte ich es die
nächsten Stunden gut aushalten. Bis es richtig voll
würde, wäre ich längst das erste mal in Ruhe ge-
schwommen und könnte meinen Platz auf jeden Fall
bis zum Aperitivo gegen elf Uhr verteidigen.
Gegen zehn Uhr wurde es laut. Familienväter
brachen fast zusammen unter der Last von Sonnen-
schirmen, Liegestühlen, Kühltaschen und sonstigem
Strandequipment. In ihrem Gefolge waren aufgeregte
Kinder, die es kaum erwarten konnten, endlich im
Sand zu spielen, und die Nachhut bildeten die
Mammas, die sichtlich erschöpft waren von den
ganzen Vorbereitungen, die so ein Strandtag mit sich
bringt. All das Essen, kleine Snacks, Obst, Süßig-
keiten, Getränke, alles was man eben so dabei haben
musste. Die Schwiegermütter und Großväter
schleppten sich meistens nur bis zur Bar, um sich erst
einmal mit einem caffè oder schon einem kleinen
Wein zu stärken, während die Jungen versuchten,
den optimalen Platz zu erobern und alles aufzubauen, um möglichst nahe an den Komfort des
eigenen Wohnzimmers zuhause zu kommen. Das
Ganze ging natürlich nicht leise ab, so dass einem,
wenn man dieses Szenario nicht gewohnt war, nach
kurzer Zeit die Ohren klingelten.
Ich hatte mir einen Krug Wein bestellt, mich mit den
üblichen kleinen Köstlichkeiten, die man dazu bekam, gestärkt, und war jetzt bereit für Phase Zwei.
Der Parkplatz quoll mittlerweile über, aber ich hatte
extra ganz am Rand geparkt und fuhr jetzt die
gleiche Strecke weiter, wie neulich, als ich die Bar
gesucht hatte, in der der Professore so oft verkehrte.
Wie erwartet, waren hier noch alle Parkplätze frei.

Ich reservierte sicherheitshalber trotzdem einen Tisch zum Mittagessen, den selben, den ich vor ein paar Tagen gehabt hatte, auf der Veranda unter dem Strohdach, und dann breitete ich mich direkt am Wasser mit meinen Sachen aus. Hier war nichts los. Selbst die, die keinen teuren Strandservice in Anspruch nahmen, sondern sich ihre Liegen und Sonnenschirme selbst mitbrachten, suchten immer die Nähe der Strandbäder, um sich dort den Tag über mit kalten Getränken, dem einen oder anderen caffè und eventuell einem Mittagessen versorgen zu können. Dazu gab es dort Duschen, Toiletten und Klettergerüste für die Kinder. Ich brauchte das alles nicht, mir genügte das kleine Fischerrestaurant und so genoss ich es, fast alleine am Strand zu liegen.

Das Mittagessen war die gleiche Offenbarung wie beim letzten Mal. Weil es so heiß war, ließ ich die Nudeln weg und der Wirt grillte mir eine frische Seezunge, dazu nur etwas Salat und einen kleinen Krug von seinem ausgezeichneten Weißwein. Ich bin ein Strandkind, aufgewachsen am Meer. Ich liebe es zu schwimmen, dazwischen kurz in der Sonne zu trocknen, wieder zu baden, Muscheln zu suchen, einfach aufs Meer zu blicken, meine Gedanken frei zu lassen. Es tat mir gut, hier zu sein, nicht an die Abtei zu denken oder taktische Fragen an Francesco zu stellen. Gegen Nachmittag machte ich mich auf zu einem längeren Spaziergang. Ich hatte plötzlich förmlich Wahnvorstellungen, ich musste ein Eis haben, und so lief ich den Strand entlang, bis ich die erste Bar erreichte, an der das Leben tobte. Aus den Lautsprechern wummerten die neuesten Hits, erschöpfte Eltern versuchten, sich mit einem Drink fit für den Endspurt zu machen, und von oben bis unten mit Schlamm und Sand bedeckte Kinder schleppten eifrig Eimer, Gießkannen und Schaufeln durch die Gegend. Es war einfach herrlich! Ich genoss das Spektakel ein paar Minuten, kaufte mir mein Eis und machte mich dann auf den Rückweg. Berufsbedingt neugierig, lief ich dieses Mal etwas höher am Strand und betrachtete die einzelnen Häuser, die hier in erfreulich großem Abstand zueinander standen. Anders als oft üblich waren alle unterschiedlich groß und wohl auch zu verschiedenen Zeiten errichtet worden, was ein wunderbar abwechslungsreiches Bild ergab. Ich war fast wieder an meinem Platz zurück, zwei Häuser noch, ich war jetzt auf Höhe des Hauses des Professors. Ich blieb kurz stehen und spähte in den Garten, ob er wohl wieder in seine Unterlagen vertieft auf der Terrasse saß. Ich war ein gutes Stück weg, aber ich sah, dass er Besuch hatte, denn er stand im Garten, zusammen mit einem anderen Mann. Der Professore war unverwechselbar, seine hagere Gestalt, die leicht gebückte Haltung, seine große Brille, die ich im Profil sah. Und der andere Mann, nun, der war auch unverwechselbar. Auch ihn sah ich im Profil. Der Pferdeschwanz, die markante Nase, der drahtige, durchtrainierte Körper. Es war Francesco, »mein« Francesco aus der Bar, der dort im Garten beim Professore stand.

5.

Ich hatte ganz kurz den Drang gehabt, einfach zu den beiden in den Garten zu gehen, nur um ihre überraschten Gesichter zu sehen, aber dann erinnerte ich mich daran, was ich mir vorgenommen hatte, nämlich einfach meinen Job zu machen, und so schüttelte ich nur den Kopf und ging zurück zu meinem Platz am Strand.

Der späte Nachmittag war der schönste Teil des Tages. Es war ein bisschen Wind aufgekommen, der etwas Abkühlung brachte, und ich konnte mich nicht aufraffen, jetzt schon zurückzufahren. So blieb ich, bis die Schatten immer länger wurden und die Sonne begann, hinter den Hügeln im Landesinneren langsam in ihr Nachtlager zu gleiten. Die meisten waren schon früher aufgebrochen, so dass die Straßen bereits wieder leer waren und ich in wenigen Minuten oben in Coresi meinen Stammparkplatz einnehmen konnte. Ich ging noch auf einen kleinen Campari in die Bar zu Francesco. Er stand, wie immer, hinter der Theke und hätte ich ihn nicht mit eigenen Augen gesehen, vorhin, ich wäre nie auf die Idee gekommen, dass er heute seine Bar auch nur eine Minute verlassen hatte. Es war ziemlich viel los und so nickten wir uns nur kurz zu, während er automatisch meinen üblichen Drink mischte, und ich nahm mein Glas einfach mit in meine Wohnung. Es war mir nach den Stunden allein am Strand hier viel zu voll und zu laut.

Dann stand ich auf der Dachterrasse und nippte ab und zu an meinem Campari Soda, sah dem Treiben auf der Piazza zu und zum ersten Mal bekam ich etwas Heimweh nach meiner Gegend, meinen Freunden und den mir vertrauten Orten. Plötzlich hatte ich auch noch ein ganz flaues Gefühl im Bauch und mir wurde leicht schwindlig. Ich wollte gerade anfangen, mich darüber aufzuregen, da fiel mir ein, dass mein Mittagessen sehr leicht gewesen war und inzwischen auch schon eine ganze Weile her. Ich hatte Hunger und der Campari, obwohl nur in homöopathischer Dosis gemischt, haute da ganz schön rein. Ich musste grinsen, ich hatte tatsächlich mal gar nicht an Essen gedacht, so sehr hatte mich das Meer abgelenkt. Das Meer. Es war so schön dort gewesen, dass ich beschloss, den Abend auch dort ausklingen zu lassen. Ich rief Paolo an, Francescos Cousin, der in diesem bezaubernden Restaurant am Strand arbeitete, in dem ich in den ersten Tagen gewesen war, und reservierte mir einen Tisch. Dann duschte ich endlos, machte mich schick, schließlich war Sonntag, und fuhr offen in meinem kleinen Fiat am Ufer entlang, um einen bezaubernden Abend am Meer mit einem guten Essen zu verbringen. Ich vermied es diesmal, mit Paolo über Francesco und die Abtei zu sprechen, ich wollte einfach diesen lauen Sommerabend genießen, der, begleitet von einem mehrere Gänge umfassenden Abendessen und ein paar Gläsern eisgekühlten Weißweins, zum Heulen schön war.

Nach dem Essen lief ich ein kleines Stück, bis ich die Piazza des Orts erreichte, und mischte mich dort unter die Leute. Es war schon spät, aber die Häuser waren viel zu aufgeheizt, um nach drinnen gehen zu können. Die Kinder hatten bereits Schulferien und so war so gut wie jeder auf den Beinen, flanierte über die Piazza, blieb hier und da auf ein paar Worte bei einem Bekannten stehen, trank einen Schluck oder hatte ein Eis in der Hand und man hatte das Gefühl, der Sommer würde ewig dauern und man wollte nie mehr etwas anderes machen, als in dieser duftenden Luft und der warmen Nacht seinen Gedanken und Träumen nachzuhängen.

6.

Obwohl ich unglaublich spät nach Hause gekommen war und nur ein bisschen auf der Dachterrasse gedöst hatte, war ich am nächsten Morgen sehr früh auf den Beinen. Ich wollte heute die gesamten Außenmaße der Abtei nehmen und das ging einfach nur, wenn es noch etwas kühler war, am Morgen. Wobei, kühl war relativ, als ich um kurz vor fünf in meinen Wagen stieg, zeigte das Thermometer immer noch vierundzwanzig Grad an. Aber oben, in den Hügeln, würde es bestimmt noch etwas frischer sein.

Die Sonne war gerade dabei, sich aus dem Meer zu kämpfen, als ich bereits die ersten Maßbänder abrollte und auslegte. Ich nahm alle Einzelmaße, immer von Fenster zu Fenster oder Türe, ich konnte die Gesamtlänge dann zuhause bequem aufaddieren. Durch die vielen Fenster und Zugänge brauchte ich ziemlich lange, bis ich endlich alles zusammenhatte. Beim Säulengang und dem komplett verfallenen Teil dagegen war es einfach, dort musste ich das Zwanzig-Meter-Band nur ein paar Mal nachziehen, um mir jeweils die gesamten Längen der ehemaligen Baukörper zu notieren.

Gegen zwölf Uhr hatte ich alles, was ich brauchte. Ich wischte mir den Schweiß von der Stirn und überlegte kurz. Auf den See hatte ich keine Lust mehr, aber etwas zu essen wäre gut. So fuhr ich kurzerhand ins »La Bussola«, das ja quasi um die Ecke war. Fabrizio empfahl mir dringlichst, heute die Lasagne zu probieren, die sie gerade frisch gemacht hatten - und er hatte recht, ich aß zwei Portionen, einfach weil sie so umwerfend gut war, trank einen Krug Rotwein dazu und war bereits eine knappe Stunde später wieder an der Abtei. Nachdem ich so zeitig angefangen hatte, wollte ich auch früh Feierabend machen, etwas Schlaf nachholen und später dann in Ruhe die heute erfassten Maße in die Pläne übernehmen. Ich kontrollierte nochmals, ob ich auch nichts übersehen hatte, und als ich gerade zusammenpacken wollte, fiel mein Blick auf den alten Glockenturm. Den hatte ich irgendwie völlig vergessen. Er hatte das gleiche alte Schloss wie das Gittertor, das zu dem zugemauerten Kellereingang führte. Und da hatte ja einer meiner Schlüssel gepasst. Nun, wenn ich schon nicht in die blöden Keller gekommen war, dann ja vielleicht wenigstens auf den Turm …

Der Schlüsselbund, den ich neulich für den Keller verwendet hatte, lag noch im Fußraum meines Autos. Ich holte ihn, stieg auf die Empore und von dort weiter nach oben bis zum letzten Treppenabsatz des Glockenturms, der mit dem Tor gesichert war. So ein Turm war natürlich viel unaufregender als neulich die Keller. Hier war es hell, luftig, es gab nichts Gruseliges daran und so sperrte ich, ohne zu zögern, das Schloss auf, schob die Türe zur Seite und stieg die Stufen weiter hinauf.

Ein bisschen aufregender, als ich gedacht hatte, war es dann doch. Von innen sah man erst so richtig die gewaltige Größe des Turms. Ich hatte erwartet, zwei oder drei Steinstufen, und ich wäre ganz oben. Von wegen! Es gab hier ein regelrechtes Treppenhaus, komplett aus Holz, in dem eine Wendeltreppe nach oben führte. Ich beäugte die Balken misstrauisch, ob sie auch noch sicher waren. Einige der Stufen waren bereits durchgebrochen und alles wirkte etwas wackelig und nicht mehr so richtig stabil. Aber, wie immer in solchen Situationen, siegte ganz schnell meine Neugier und so balancierte ich vorsichtig über die Holzstiegen und hielt mich ganz nah an der rohen Wand, um möglichst wenig Hebelkraft auf die alten Stützbalken der Konstruktion zu geben.

Von unten hatte der Turm so gewirkt, als sei er ganz einfach gebaut und komplett offen, aber man gelangte zuerst in einen Raum, der, bis auf ein paar kleine Gucklöcher in den Mauern, geschlossen war, und musste von hier nochmals eine Leiter erklimmen, um in den offenen Bereich zu gelangen. Von der ehemaligen Glocke war nichts mehr übrig und das Dach fast nicht mehr vorhanden. Ringsherum führte eine etwa hüfthohe Mauer, die eigentlich für die enorme Höhe des Turms viel zu niedrig war. Der Blick von hier oben war atemberaubend. Ich konnte Coresi sehen, das Meer, endlos tief in die Berge hinein und der kleine See sah aus wie eine Pfütze. Ich stellte mir vor, wie hier früher die Wachen gestanden hatten, bei jedem Wetter, und mit den Augen die Gegend nach etwaigen Feinden absuchten. Ich konnte mich kaum von diesem Ausblick trennen, aber schließlich machte ich mich doch wieder auf den Weg nach unten. Der Boden war roh und kantig und ich blieb an einer Stelle mit meinem Schuh hängen und wäre fast gestolpert. Ich fing mich gerade noch ab und sah nach unten. Ein lockerer Stein ragte etwas aus dem Boden heraus und ich versuchte, ihn wieder etwas weiter in seine ursprüngliche Position zu bekommen. Er wackelte zwar, aber ließ sich nicht tiefer drücken. Schließlich probierte ich es in die andere Richtung und zog ihn ganz heraus. Er war locker, weil unter ihm eine ganze Ladung

Zigarettenkippen lag, die jemand dort versteckt hatte, um sie nicht herumliegen zu lassen. Und diese Kippen waren alle recht frisch, sicher keine paar Tage alt. Das bedeutete, es gab also doch jemanden, der außer mir Zugang hatte. Und der sich hier die letzten Tage immer wieder aufgehalten haben musste. Ich bekam weiche Knie. Das gefiel mir gar nicht. Ich erinnerte mich an die Situationen, in denen ich mich beobachtet gefühlt hatte, als ich unten über den Platz gelaufen war. Hastig stopfte ich den Stein wieder, so gut es ging, in sein Bett zurück, stieg, so schnell ich konnte, nach unten und sah, dass ich hier wegkam.

7.

Nach dem Tageslicht im Turm hatte ich auf meinem Weg aus der Abtei zuerst fast nichts sehen können und jedes Geräusch und jeder Schatten hatten mir einen Gänsehautschauer nach dem anderen über den Körper gejagt. Unten angekommen, knallte ich die Türe hinter mir zu, schloss ab, um dann mit zittern-den Fingern meinen Wagen zu starten. Das Ganze glich einer Flucht und ich gab so heftig Gas, dass der Kies in alle Richtungen spritzte.

Jetzt, nach einigen Kilometern auf der Landstraße, beruhigte sich mein Puls langsam wieder und ich fing an zu denken. Es gab also jemanden, der auf den Turm konnte. Was war daran schlimm? Vielleicht jemand von der Gemeinde, es gab ja sicher mehrere Schlüssel zur Abtei. Nur weil sich jemand dort ab und zu aufhielt, musste er ja nichts Böses wollen oder gar gefährlich sein. Und vielleicht hatte ich mich ja getäuscht, eventuell lagen die Zigarettenkippen doch schon länger da. Sicher hatte man die eine oder andere Begehung gemacht, bevor der Auftrag zur Vermessung vergeben wurde. Vermutlich hatte ich vorhin völlig überreagiert. Andererseits blieb dieses mulmige Gefühl, das ich nicht so recht deuten konnte.

Zurück in Coresi ging ich, wie immer, zuerst in Francescos Bar. Es war noch sehr früh am Nachmittag und außer Simone, dem Polizisten, war kein Gast da. Francesco mixte mir unaufgefordert meinen Campari, aber heute deutete ich kurz mit Daumen und Zeigefinger an, dass er etwas mehr Campari als sonst nehmen sollte.
Ich schnappte mir den Drink und setzte mich zu Simone an den Tisch. Er sah nicht gut aus, sein Gesicht war knallrot und seine Uniformjacke hatte am Kragen und unter den Armen große, nasse Schweißränder. Ich bedauerte ihn, dass er bei dieser Hitze Uniform tragen musste, ich hatte mit einem Top, leichten Shorts und Flip-Flops dagegen kein Problem, zumindest solange ich mich nicht direkt in der Sonne bewegen musste.

»Na, geben sie euch immer noch keine Shorts als Uniform?«, begrüßte ich ihn grinsend.
Er funkelte mich empört an, was natürlich nur gespielt war, seufzte und meinte dann: »Irgendwann lasse ich mich in den Norden versetzen, in die Berge. Schnee, Eis, Kälte, ach, was würde ich jetzt darum geben.«
»Ach was, du würdest nach zwei Tagen über die Kälte stöhnen und dich hierher zurück wünschen.«
»Ja, vermutlich hast du recht. Aber man wird doch träumen dürfen.«

Er lächelte kurz versonnen in sein Glas, in dem gerade das letzte Eis schmolz und gab dann Francesco ein Zeichen, Nachschub zu bringen.

»Wie läuft's an der Abtei, kommst du voran?«

»Ja, ganz gut.« Ich überlegte, ob ich ihm von meinem Versuch mit dem Keller erzählen sollte. »Neulich habe ich mal das Gitter aufgesperrt und mir den Eingang zum Keller angesehen. Da kommt ja wirklich keine Maus rein.«

Er zog die Augenbrauen hoch. »Ja, und das ist auch gut so. Wirklich. Es war die beste Entscheidung damals, die Eingänge zuzumauern.«

Ich trank einen kräftigen Schluck. Und plötzlich wurde mir bewusst, dass er in der Mehrzahl gesprochen hatte. Er hatte »Eingänge« gesagt. Ich sah ihn überrascht an: »Eingänge? Gibt es mehrere?«

»Ja, zwei. Den in der Kirche und den anderen, ganz am Ende des Gebäudes, hinter der Sakristei.«

Ich versuchte, mir nichts anmerken zu lassen, und sagte leichthin: »Ach so, da war ich noch gar nicht.« Ich wollte noch einen Schluck trinken, aber ich merkte, dass meine Hände vor Aufregung zitterten.

Simone war ein zu guter Polizist. Sein Radar begann bereits zu erfassen, dass ich mich plötzlich anders verhielt und ich überlegte mir krampfhaft, auf was ich das Thema lenken könnte, damit ihm nicht auffiel, wie sehr mich plötzlich dieser zweite Eingang beschäftigte. Das Letzte, was ich wollte, war ein offizielles Verbot von ihm, je diese Keller zu betreten. Der Turm und mein Erlebnis heute fielen mir ein und so fragte ich ihn: »Warum nur hat man eigentlich vor die Kellertreppe das gleiche Gitter gebaut wie vor den Zugang zum Glockenturm?«

»Ah, das ist eine lustige Geschichte«, er nahm einen Schluck von seinem Wasser, in dem sich das Eis bereits wieder verflüssigt hatte, verzog angewidert das Gesicht und bedeutete Francesco dann, ihm ein kleines Bier zu bringen.

»Nachdem die Keller zugemauert waren, gab es immer noch ein paar Leute, die auf den Turm stiegen, wegen der Aussicht. Aber das Treppenhaus dort oben war völlig morsch, also hat man eine Firma beauftragt, den Zugang zu versperren.«

Er trank einen tiefen Schluck Bier, seufzte wohlig und musste plötzlich lachen: »Es war die gleiche Firma, die schon die Eingänge zugemauert hatte. Aber diesmal schickte der alte Mauro Brosca seinen Sohn, Sabatino, der den Eingang vergittern sollte. Sabatino war ein netter junger Kerl, aber mit der Arbeit hatte er es nicht so. Er hörte seinem Vater nicht sehr genau zu, was er eigentlich dort machen sollte. Mein Vater hat mir erzählt, dass der Bürgermeister ihn bei der Bauabnahme dabei haben wollte, damit quasi polizeilich bestätigt wird, dass der Zugang sicher gesperrt ist. Und sie staunten nicht schlecht, denn der junge Sabatino zeigte ihnen stolz seine aufwändige Konstruktion. Ein großes Gitter mit einer Türe, stabil und sicher. Nur hatte er es nicht vor den Zugang zum Turm gesetzt, sondern vor die Kellertreppe.«

Ich musste lachen und Simone fiel mit ein. Ich versuchte mir vorzustellen, wie alle vor dem Gitter standen, das nur eine Treppe absicherte, die zu einem zugemauerten Eingang führte.

»Unglaublich! Und was passierte dann?«

»Es gab eine Riesenaufregung, Sabatinos Vater wurde dazu geholt und der rastete völlig aus. Der Bürgermeister und mein Vater konnten ihn nur mit Mühe davor zurückhalten, seinen Sohn nicht gleich an Ort und Stelle zu verprügeln. Mauro hat so sehr getobt, dass sie Angst bekamen, er kriegte noch einen

Herzinfarkt und dem Bürgermeister tat Sabatino leid und so einigten sie sich darauf, dass es ja gar nicht so verkehrt wäre, dass jetzt auch die Treppe gesichert sei, und die Gemeinde übernahm zumindest die Materialkosten dafür. Und Sabatino bekam eine zweite Chance und durfte dann auch den Zugang zum Turm versperren.«

Ich wischte mir die Tränen aus den Augen und fächelte mir mit der Speisekarte Luft zu. Mir war vom Lachen ganz warm geworden.

»Da hat er ja noch mal Glück gehabt. Daher also die zwei Tore.«

»Ja, daher die zwei Tore«, lächelte Simone vor sich hin. »Mein Vater hat mir erzählt, dass Sabatino dann wohl ziemlich Gefallen an dem Turm gefunden hat. Damals, in der ersten Zeit, wurde die Abtei noch regelmäßig kontrolliert und sie haben ihn ein paar Mal erwischt. Er nutzte den Turm, um seine jeweiligen Freundinnen zu beeindrucken, die er mit hinaufnahm, um ihnen die Aussicht zu zeigen.«

Ich wollte gerade etwas erwidern, als ich plötzlich stutzte. Ein Gedankenfetzen bekam plötzlich Gestalt. Wo war das, als ich neulich jemanden den Namen Sabatino sagen gehört hatte? Er war im Zusammenhang mit der Abtei gefallen. Und dann fiel es mir wieder ein. Es war in der kleinen Bar, oben in den Hügeln, als ich mir Zigaretten kaufte. Sabatino, so nannte der Wirt den alten Mann, der mich gewarnt hatte, nie bei Dunkelheit an der Abtei zu sein.

Ich sah Simone an: »Und dieser Sabatino, der ist hier aus der Gegend?«

»Ja, die lebten damals oben in Rizzo. Mauro lebt schon lange nicht mehr. Aber Sabatino hat dort ein kleines Häuschen.«

»Vielleicht steigt er ja immer noch gerne auf den Turm«, ich grinste dazu, um es wie einen Scherz klingen zu lassen.

»Na ja, er müsste inzwischen auch weit über siebzig sein. Ich weiß nicht, ob er das noch schafft?«

Simone blickte auf die Uhr, verzog das Gesicht und erhob sich. Wir verabschiedeten uns und ich ging mit ihm zusammen aus der Bar. Ich wartete noch, bis er um die Ecke bog, dann schnappte ich mir meine Aufzeichnungen vom Vormittag aus dem Wagen und sprintete, so schnell ich konnte, in meine Wohnung.

8.

Obwohl sich die Hitze im Treppenhaus staute wie in einem Dampfbad, hatte ich immer zwei Stufen auf einmal genommen und war wie ein Überfallkommando in die Wohnung gestürzt. Die Eingangstüre donnerte mit einem lauten Knall gegen die Wand und ich hatte mir nicht einmal die Zeit genommen, sie wieder zu schließen.

Jetzt stand ich in der Küche, über die Pläne gebeugt, und addierte die Maße auf, die ich heute genommen hatte. Dann verglich ich sie mit den Zahlen aus dem Gebäudeinneren. Und ja! Verdammt! Ich hatte also recht gehabt. Mein Gefühl war richtig gewesen. Es gab einen Unterschied von fast sieben Metern. Sieben Meter, die mir innen fehlten. Zog man die Außenwand ab, bedeutete das, dass es einen weiteren Raum gab, der um die sechs Meter breit war. Und dort musste der zweite Zugang zu den Kellern sein. Ich schloss die Augen und ging in Gedanken alle Wände ab. Aber da war definitiv keine Türe gewesen, auch nichts, was darauf hingedeutet hätte, dass irgendein

Eingang geschlossen worden war. Es musste also folglich einen Zugang von außen geben. Ich war die beiden Seiten der Abtei abgelaufen, auch da war mir nichts aufgefallen. So blieb eigentlich nur die schmale Front übrig, ganz hinten am Hang. Dort hatte ich mich nur ganz kurz umgesehen, denn man kam vor lauter Gestrüpp und Unkraut kaum hin. Wenn ich eine Geheimtüre ausschloss - und das erschien mir dann doch zu kitschig - konnte der Eingang nur dort sein. Ich sah auf die Uhr. Es war spät geworden, der Abend begann bereits, doch ich wusste genau, dass ich es niemals aushalten würde, bis morgen zu warten. Andererseits, jetzt nochmals zur Abtei zu fahren ... ich war hin- und hergerissen. Aber, wie immer, siegten meine Ungeduld und meine Neugier über jede Vernunft.

Ich war es nicht gewohnt, um diese Zeit erst in Richtung der Hügel zu fahren und die untergehende Sonne voll ins Gesicht zu bekommen. Das Licht war jetzt völlig anders als morgens und die Gegend sah ganz besonders bezaubernd aus, die Berge wurden von der Rückseite angestrahlt und waren scharf und klar umrissen, während die Landschaft wie gedämpft wirkte, fast leicht nebelig und surreal. Ich war gerade auf Höhe der Zufahrt zur Abtei, als, wie aus dem Nichts, plötzlich ein Radfahrer vor mir auftauchte. Ich stieg in die Bremse und das Quietschen der blockierenden Reifen klang schauderhaft, aber ich kam noch rechtzeitig zum Stehen. Ich hatte keine Ahnung, ob ich ihn einfach übersehen hatte oder wo er so plötzlich hergekommen war. Es war ein Rennradfahrer, aber gegen die Sonne konnte ich nur seine Silhouette erkennen. Er hatte ein Bein auf die Straße gestellt und sich damit abgefangen, hob kurz entschuldigend die Hand, und noch bevor ich ihn fragen konnte, ob alles in Ordnung sei, stieß er sich ab, klickte den Fuß wieder ins Pedal und sprintete dann, in den Pedalen stehend, die Straße hinauf. Erst als er ein ganzes Stück weg war und in den Schatten kam, konnte ich kurz die Farbe des Rahmens erkennen. Es war dieser wunderbare charakteristische Pastellton, der die Räder von Bianchi so unverkennbar macht. Ich atmete tief durch, zuckte mit den Schultern und fuhr die letzten Meter zur Abtei. Da ich diesmal ja ganz am Ende des Gebäudes nach dem Eingang suchen wollte, blieb ich nicht wie üblich vor dem Haupteingang stehen, sondern fuhr ein ganzes Stück weit nach hinten, bis ungefähr zwanzig Meter vor dem Säulengang, wo der Boden zu schlecht wurde.

Der ehemalige Säulengang führte im rechten Winkel vom Hauptgebäude der Abtei weg und eigentlich war klar, dass es hier auch einen Ausgang hätte geben müssen. Aber es war keiner zu sehen. Ich versuchte, einen Blick auf die Stirnseite zu werfen, jedoch war das Gestrüpp noch undurchdringlicher, als ich es in Erinnerung gehabt hatte. Dann eben von der anderen Seite. Ich lief los, um das Gebäude einmal komplett zu umrunden. Kurz überlegte ich, ob ich nicht fahren sollte, aber das erschien mir dann zu lächerlich. Ich machte am Eingang Halt, den ich täglich benutzte, um mir eine der Lampen zu holen, die bei meinen Sachen dort lag. Die Zigarettenkippen fielen mir wieder ein und ich lauschte angestrengt, ob ich etwas hören würde, aber außer den üblichen Knarz- und Ächzgeräuschen war nichts zu vernehmen. Nichtsdestotrotz verschloss ich die Türe wieder sorgfältig und machte mich auf den Weg, einmal rundherum zu laufen. Es war immer noch heiß und die dicken alten Mauern strahlten zudem die Hitze des Tages wieder ab und ich hatte das Gefühl, ich würde von ihnen geröstet, während ich daran entlanglief.

Auch auf der anderen Seite gab es keine Möglichkeit, an die Stirnseite des Gebäudes heranzukommen. Dichtes Unkraut, hohe Sträucher und ein paar wirklich fiese Brombeerranken schirmten diesen Teil des Gebäudes völlig ab. Man hätte ein Buschmesser gebraucht, um sich den Weg frei zu säbeln. Ich war enttäuscht, ich hatte gehofft, einen Eingang zu finden und dann vielleicht endlich das Geheimnis der Keller zu lüften. Meine guten Vorsätze, mich nur noch um meinen eigentlichen Auftrag zu kümmern, waren längst wieder vergessen.

Ich prüfte nochmals ganz genau jedes Stück der Wand, aber es gab definitiv nichts, nicht mal ein Fenster, das auf den geheimen Raum hingedeutet hätte. Schließlich gab ich auf und lief wieder zurück, völlig durchgeschwitzt jetzt und durstig. Ich verstaute die Lampe in der Abtei und als ich die Türe abschließen wollte, rutschte mir der Schlüssel aus der Hand und fiel genau in eine Steinritze. Na toll. Ich fluchte und versuchte, ihn da wieder herauszubekommen, aber die Ritze war zu schmal für meine Finger. Ich suchte den Boden nach einem kleinen Stück Ast oder irgendetwas anderem ab, womit ich den Schlüssel herausfischen konnte, und als ich endlich ein geeignetes Stück Holz fand, sah ich etwas im Gras glitzern. Es war eine winzige Metallhülse. Sie glänzte und konnte somit noch nicht lange hier liegen - und ich kannte diese Art Hülsen auch sehr genau.

Man verwendet sie an Fahrrädern, um die Enden von den Schalt- und Bremszügen damit zu sichern. Sie werden darübergestülpt und dann mit einer Zange festgeklemmt. Der Rennradfahrer von vorhin fiel mir wieder ein. Deshalb war er quasi aus dem Nichts aufgetaucht. Ich hatte ihn gar nicht übersehen, sondern er war aus der Zufahrt der Abtei herausgekommen und hatte mir die Vorfahrt genommen.

Ich angelte den Schlüssel aus der Ritze, verschloss die Abtei und fuhr dann nachdenklich los. Als ich wieder auf der Hauptstraße war, hielt ich an und versuchte, mir die Szene von vorhin nochmals vorzustellen. Es passte. Wenn er tatsächlich aus der Einfahrt gekommen war, dann hatte ich ihn nicht rechtzeitig sehen können. Wieder schloss ich die Augen und versuchte, mich an alles zu erinnern, was ich von dem Fahrer gesehen hatte. Die Gestalt, stehend in den Pedalen, die Figur drahtig, eher klein, kein Helm, die Farbe des Rahmens, dieses klassische »Celeste« - und er war in Richtung des nächsten Ortes gefahren, nach Rizzo, dort, wo ich neulich kurz in der Bar war. Ich hatte plötzlich so eine Ahnung und musste grinsen. Ich ließ den Motor wieder an und fuhr los. Mal sehen, ein caffè und ein Glas Wein würden mir jetzt ohnehin guttun.

Wie beim letzten Mal konnte ich mich durch das alte Stadttor quetschen und direkt vor der Bar parken. Vor dem Eingang stand auch das Rennrad. Wie ich richtig vermutet hatte, ein Bianchi. Als ich direkt auf Höhe des Rads war, ließ ich mein Feuerzeug fallen und bückte mich dann sehr langsam und umständlich danach. Ein Rennrad hat vier Züge, zwei für die Bremsen, zwei für die Schaltung. Es genügte ein kurzer Blick, um zu sehen, dass an drei der Züge eine schöne, neue Metallhülse war - und am vierten eine fehlte.

Ich betrat die Bar und als sich meine Augen an die düstere Umgebung gewohnt hatten, steuerte ich an die Theke und bestellte mir einen caffè. Der Wirt nickte mir freundlich zu, natürlich erkannte er mich wieder und zelebrierte mir dann die kleine Tasse formvollendet. Ich bestellte mir gleich noch ein Glas Wein hinterher, goss mir den kleinen Koffeinkick in den Rachen und schaute mich dann um. Und tatsächlich, der Mann, den der Wirt mit Sabatino angesprochen hatte, saß am anderen Ende der Bar. Er hatte ein Glas Wein vor sich und daneben lag eine Sonnenbrille, eine, wie sie Sportler benutzen. Er trug ein enganliegendes Trikot und Radlerhosen. Und seine muskulösen Beine steckten in Rennradschuhen. Das also war das ganze Geheimnis! Der alte Sabatino liebte noch immer „seinen" Glockenturm. Und kräftig genug war er auch, die Treppen zu erklimmen, auch wenn er tatsächlich schon weit über siebzig war, sein Körper war sichtlich durchtrainiert, vom Radfahren hier in den Hügeln. Er hatte wohl seit damals einen Schlüssel behalten und gönnte sich noch heute den grandiosen Blick vom Turm. Und vermutlich erinnerte er sich dann an seine Zeit, als er jung war und seine Freundinnen mit dort hinauf-gebracht hatte. Ich fand das irgendwie süß und gönnte ihm sein Geheimnis von ganzem Herzen, das bei mir gut aufgehoben war. Sollte er so oft auf den Turm klettern, wie er noch konnte. Er stellte keine Gefahr dar, im Gegenteil, er würde vermutlich alles tun, um ja nicht entdeckt zu werden.

9.

Es war fast dunkel jetzt und ich musste mir langsam überlegen, wo ich zu Abend essen wollte. Ich stand etwas unschlüssig an meinem Wagen, als der alte Sabatino aus der Bar kam. Er fummelte einige Zeit an seinem Rennrad herum und schaute immer wieder verstohlen in meine Richtung. Das machte mich neugierig. Ob er wusste, dass ich es war, der er vorhin fast ins Auto gekracht wäre? Eigentlich hatte er mich gut sehen können, denn er hatte die Sonne im Rücken gehabt. Ich zog mein Handy aus der Tasche und tat so, als würde ich darin etwas suchen. Er setzte seine Sonnenbrille auf, nahm jetzt sein Rad, aber stieg nicht auf. Und dann kam er langsam zu mir herüber.

»Ein schönes Auto. Macht bestimmt Spaß, damit offen durch die Hügel zu fahren?«

»Ja, sehr sogar. Aber Sie haben da auch ein schönes Rad. Ich habe selbst auch ein Bianchi.«

»Ah.«

Eine Weile standen wir uns verlegen gegenüber und keiner wusste so recht, was er sagen sollte. Und dann folgte ich einfach meiner Intuition.

»Hier«, damit hielt ich ihm die kleine Hülse vor die Nase, »die sollten Sie wieder dranmachen, die Züge drehen sich sonst auf.«

Er schaute mich überrascht an.

»Sie haben die an der Abtei verloren, vorhin.«

Seine Gesichtsfarbe wechselte schlagartig ins Dunkelrote.

»Äh, ich, ja, also ...«, stotterte er.

Ich lächelte ihn an: »Der Ausblick dort oben ist wunderbar. Ich kann Sie so gut verstehen, wirklich.«

Er entspannte sich sichtlich. Atmete einmal tief durch und fragte dann: »Was hat mich verraten?«

»Ich habe die Zigarettenkippen gefunden, oben, unter dem Stein.«

»Ah. Das.«

»Ja. Und als Sie mir heute fast ins Auto gefahren sind, konnte ich mir nicht erklären, woher Sie so plötzlich kamen. Bis ich die Hülse gefunden habe, vor dem Eingang.«

Er schielte plötzlich in mein Auto, in dem vorne mein Sonderparkausweis lag, auf dem irgendetwas von „im Auftrag der Regierung" stand.

»Werden Sie es melden?«, presste er schließlich heraus.

Ich lächelte wieder: »Aber nein. Ich vermesse nur die Abtei. Alles andere geht mich nichts an. Den Ausweis habe ich nur, um in Coresi vor dem Rathaus zu parken.«

Zum ersten Mal lächelte auch er jetzt: »Ich tue nichts dort. Ich ... hänge nur ein paar Erinnerungen nach. Nichts weiter.«

Ich nickte: »Erinnerungen sind wichtig. Und von mir aus können Sie so oft in den Turm, wie Sie wollen. Mich geht das wirklich nichts an.«

Wieder standen wir uns eine Weile gegenüber, aber entspannter jetzt, jeder in seine Gedanken vertieft.

»Meine Frau macht heute Tagliatelle mit Wildschwein-Ragù. Es wäre uns eine Ehre, wenn Sie mit uns essen würden?«

Wow. Sollte sich so schnell geklärt haben, wo ich heute zu Abend essen würde? Die Einladung war verlockend. Nicht nur, dass ich Wildschwein-Ragù mit Pasta liebe, es wäre auch einfach einmal wieder schön, nicht in einem Restaurant zu essen, sondern so ganz richtig, an einem Tisch, in einem Haus, bei einer Familie.

»Wenn es denn Ihrer Frau recht ist ...?«, fragte ich dennoch zögernd.

»Aber ja. Wir haben nicht mehr so oft Gäste. Wir können uns ein wenig unterhalten. Und ich habe da einen ganz besonders guten Rotwein.«

»Okay«, ich strahlte ihn an, »dann komme ich gerne mit.«

Ich ließ mein Auto im Parkverbot stehen, schließlich hatte ich ja meinen hochoffiziellen Sonderparkausweis, der für den ganzen Bezirk galt und schlenderte neben Sabatino Brosca her, der sein Rad schob. Wir mussten nicht weit laufen, der Ort war winzig und sein Haus lag nur wenige Schritte von der Piazza entfernt, direkt an der Stadtmauer. Vor dem Haus war ein kleiner Garten, in dem eine Frau gerade dabei war, ein paar Kräuter einzusammeln. Sie sah auf, als sie uns kommen hörte. Sie war wohl um die siebzig Jahre, hatte ein Gesicht, das von einem langen Leben und viel Sonne gegerbt worden war, aber ihre Augen wirkten jung und strahlend. Sie musste einmal eine wunderschöne Frau gewesen sein. Ihr Blick war offen und sie lächelte freundlich und ein wenig neugierig.

»Schau Maria, ich habe uns einen Gast zum Essen mitgebracht. Das ist die junge Dame, die oben an der Abtei arbeitet.«

Aus dem Lächeln wurde jetzt ein Schmunzeln in Marias Gesicht. Sie kam auf uns zu, wischte sich dabei die Hände an der Schürze ab und streckte mir dann die Hand hin: »Maria Brosca, herzlich willkommen.«

»Chiara Ravenna. Freut mich sehr, Signora. Ich weiß
nicht, Ihr Mann meinte, ich solle mit zum Abend-
essen kommen, aber wenn es heute nicht passt ...?«
»Aber natürlich passt es! Wir haben nicht mehr so oft
Gäste. Es ist schön, Sie hier zu haben. Bitte, kommen
Sie herein, bitte.«
Sie meinte es ernst. Das spürte ich ganz deutlich, sie
freute sich tatsächlich, einen Gast zu bewirten.
»Danke, sehr freundlich«, damit folgte ich den beiden
ins Haus.

10.

Das Haus war alt, ebenso die Einrichtung, aber sehr
gepflegt. Eines dieser klassischen Stadthäuser, die
man immer an den historischen Stadtmauern findet.
Vorne ging man hinein, nach hinten heraus gab es ein
Stockwerk, das tiefer lag und in den Hang der
Stadtbefestigung ging, und eines darüber. Diese
Häuser waren meist schmal, jedes der Stockwerke
hatte oft nur ein Zimmer, alles war quasi über-
einander gestapelt. Wir landeten direkt im Wohnzimmer und ich konnte von hier schon die kleine
Terrasse sehen, die auf der Rückseite des Hauses, fast
über dem Abhang, zu schweben schien. Der Blick
von hier oben war atemberaubend, man sah ganz
weit in die leicht hügelige Landschaft bis hinunter
zum Meer. Auf der Terrasse stand ein Tisch und mir
wurde ein Platz angeboten. Maria entschuldigte sich,
sie musste sich um das Essen kümmern und Sabatino
machte sich daran, einen Wein für uns auszusuchen.
Ich genoss den Blick in die Gegend und ließ meine
Gedanken einfach frei. Ich hatte das Gefühl,
vollkommen aus der Zeit genommen zu sein. Endlich
einmal keine hektischen Kellner, keine fremden Gäste

an Nachbartischen. Auf dem Tisch stand ein Aschenbecher, also traute ich mich sogar, mir eine Zigarette anzuzünden.

»Den hier hat mein Bruder gemacht, gleich hier in der Nähe«, mit diesen Worten stellte Sabatino eine Flasche Wein auf den Tisch und riss mich aus meinen Überlegungen. Es war eine Literflasche, ohne Etikett. Er hatte sie bereits entkorkt und begann sogleich, drei Gläser zu füllen.

»Du magst doch Wein?«, fragte er mich dann fast ein wenig erschrocken.

»Aber ja«, ich musste lächeln, »wir bauen selbst Wein an zuhause.«

Er nickte zufrieden, schob mir ein Glas herüber und nahm sich auch eines.

Ich hob das Glas vorsichtig hoch. Der Wein war tiefrot, fast schon schwarz. Ich ließ ihn ein wenig im Glas kreisen und nahm dann den Duft auf. Sofort schossen mir tausende Assoziationen durch den Kopf. Ich sah Bilder vom Sommer, von Weinbergen, die gegen die gnadenlose Hitze bestehen, spürte den salzigen Duft der Küste, sonnenverbranntes Gras, pralle Kirschen, die so reif sind, dass sie einem förmlich in den Mund springen. Ich seufzte, hielt das Glas kurz gegen das Licht und dann nahm ich einen ersten bedächtigen Schluck. Der Wein explodierte förmlich am Gaumen, er war herrlich. Das sind die Weine, die man entweder gar nicht oder nur für ein Vermögen im Laden bekommt. Und wenn sie erst einmal Hunderte oder gar Tausende Kilometer transportiert worden waren, würden sie nie mehr diesen perfekten Geschmack erreichen, wie sie ihn nur unmittelbar an ihrem Entstehungsort haben. Ich seufzte nochmals und dann strahlte ich Sabatino an: »Wunderbar, einfach ganz wunderbar!«

Sabatino lächelte zufrieden. Ich glaube, das war der Moment, sollte er noch irgendeinen Zweifel gehegt haben, ob ich sein Geheimnis für mich behielt, ab diesem Zeitpunkt konnte er mich einschätzen und wusste, dass ich ihn nie verraten würde.

Ich hatte gar nicht bemerkt, dass Maria inzwischen zu uns an den Tisch gekommen war. Sie hatte die kleine Szene beobachtet und auch sie lächelte mich wohlwollend an.

Und dann aßen wir. Es gab Salami, Käse, Oliven, Brot, Tomaten, Wurst, einen Thunfischsalat, der absolute Referenz-Klasse war, und vieles mehr. Wir ließen uns Zeit, tranken zwischendurch immer wieder etwas von diesem umwerfend guten Wein und Maria fragte mich: »Und Chiara, kommst du aus dem Norden?« Ich musste innerlich grinsen, das war einfach immer die erste Frage, sobald man nicht aus dem Nachbardorf stammte.

»Nein, Signora, ich komme aus der Emilia Romagna, aus der Nähe von Ravenna.«

»Bitte, nenn mich doch Maria!« Damit waren wir offiziell beim „Du" und ich freute mich darüber. Ich erzählte den beiden von unserem Hof, auf dem wir Wein und Oliven anbauten, von meinem Vater, der sizilianische Wurzeln hat, von meiner Arbeit als Geometra und wie ich durch Zufall an den Auftrag gekommen war, die Abtei zu vermessen.

»Und jetzt kennst du Sabatinos Geheimnis?«, fragte mich Maria schließlich. Und wieder schmunzelte sie dabei.

»Ja, nun ja.«

Sie lächelte: »Keine Angst, ich kenne die ganze Geschichte. Ich weiß, dass er dort immer seine Freundinnen mit hinaufgenommen hat.«

»Ja, aber ...«, schaltete sich Sabatino ein, »Maria war die letzte Frau, der ich die Aussicht gezeigt habe. Ich habe ihr dort oben einen Heiratsantrag gemacht. Und sie hat »Ja« gesagt. Seitdem war ich nur noch alleine dort.«

»Und Maria, gehst Du auch ab und zu noch mit hinauf?«, wollte ich wissen.

»Früher ja, wir waren oft zusammen dort, haben den Sonnenuntergang angesehen. Aber ich schaffe die Stufen nicht mehr. Sabatino ist noch fit. Und er erzählt mir immer ganz ausführlich, was er alles gesehen hat, wenn er dort war.«

»Für mich ist das wie Meditation. Wenn ich dort oben stehe, dieser endlose Blick. Er hat mir oft geholfen, wenn ich etwas entscheiden musste oder es mir nicht gut ging. Man bekommt einen ganze anderen Blickwinkel. Es ist wichtig, manchmal die Dinge aus einer anderen Richtung zu betrachten.«

Ich nahm wieder einen Schluck Wein. Das war einfach so hinreißend romantisch, ich hätte zerfließen mögen.

»Eines würde mich interessieren, Sabatino. Neulich, als ich das erste Mal in der Bar war, da hast du gesagt, ich solle bloß nie nachts zur Abtei gehen. Warum?«

Sein Blick wurde kurz ernst. Er schluckte einmal, sah mich dann direkt an und sagte leise: »Nachts ist es dort unheimlich. Es geht nicht mit rechten Dingen zu. Ich habe es mit eigenen Augen gesehen. Nie wieder würde ich dort nachts hingehen. Du kennst die Geschichten von den Kellern und den beiden Jungen?«

»Ja, ich habe davon gehört«, nickte ich.

»Ich habe dort Dinge gesehen, Dio mio, da standen mir die Haare zu Berge.«

Ich sah ihn fragend an: »Was für Dinge?«

»Lichter. Sie tanzen über den Vorhof. Und Geräusche, das Gebäude macht Geräusche nachts, es dröhnt und vibriert. Und dann sah ich einen der Mönche, wirklich, mit eigenen Augen, er trug eine Mönchskutte und hatte eine Laterne in der Hand und er suchte nach etwas. Wie die Jungs, von denen einer nie mehr aufgetaucht ist, der sucht auch immer noch nach dem Gold!«

Er war ganz blass geworden bei der Erinnerung daran und trank einen kräftigen Schluck vom Wein.

Ein Mönch mit einer Laterne? Lichter? Geräusche? Immer wenn sich mit diesem alten Gemäuer ein Rätsel aufklärte, tauchte sofort das nächste auf. Ich konnte mir nicht vorstellen, dass der Geist des Jungen dort mit einer Laterne nach Gold suchte, aber ich ließ es dabei bewenden.

Maria brachte eine dampfende Schüssel mit den Tagliatelle. Natürlich waren sie selbst gemacht und das Wildschwein-Ragù war zum Niederknien. Ich aß so viel ich irgendwie schaffen konnte und nahm dazu immer wieder einen Schluck des Rotweins. Maria beobachte wohlwollend, welche Mengen ich verdrückte. Nichts schätzen wir Italiener mehr, als einen Gast, der beim Essen so richtig zugreift, weil es ihm schmeckt.

Schließlich konnte keiner von uns noch mehr essen und Sabatino erhob sich. Ich dachte mir schon, dass er uns etwas aus seinem Keller holen würde, und richtig, diesmal brachte er einen Grappa mit, natürlich auch wieder einen selbstgebrannten von irgendjemandem aus der Familie.

Maria entschuldigte sich tausendmal, dass sie kein aufwändiges Dessert anbieten konnte, weil sie ja nicht mit einem Gast gerechnet hatte. Aber ich war heilfroh, dass es einfach nur ein bisschen Obst aus dem Garten gab. Mehr hätte ich beim besten Willen nicht mehr geschafft.

Die Sonne war inzwischen untergegangen, der Himmel war übersät mit Sternen und die Nacht war, selbst hier oben in den Hügeln, mild und die Luft schmeichelnd. Der Abend war bezaubernd gewesen und ich verabschiedete mich endlos von den beiden und durfte auch erst endgültig gehen, nachdem ich versprochen hatte, dass ich vor meiner Abreise nochmals zu einem ausführlichen Menü vorbeischauen würde.

Ich hatte das Verdeck des Fiats geschlossen gehabt und im Wagen stand die Luft unangenehm stickig. So öffnete ich das Dach und rauchte noch eine Zigarette, um das Innere etwas auslüften zu lassen. Ich dachte über das nach, was Sabatino mir erzählt hatte, was er gesehen haben wollte, als er nachts an der Abtei war. Ich hielt ihn nicht für einen Spinner, aber ich konnte mir auch nicht so recht vorstellen, dass es dort wirklich spukte. Ich hatte fertig geraucht und stieg in den Wagen. Die Nacht war wundervoll und mit offenem Verdeck, hier durch die Hügel zu fahren, war traumhaft schön. Ich verließ Rizzo und schraubte mich langsam die Serpentinen hinunter. Und als ich wieder auf Höhe der Zufahrt zur Abtei war, konnte ich einfach nicht widerstehen. Ganz kurz nur zögerte ich, aber dann setzte ich den Blinker und bog entschlossen ab.

Kapitel 5

1.

Ich fuhr, wie schon am Nachmittag, ziemlich weit über den Vorplatz in Richtung des Säulengangs und stieg dann aus. Die Nacht war sternenklar und der Mond tauchte die Abtei in ein silbrig-graues Licht. Der Glockenturm zeichnete sich scharf gegen den Nachthimmel ab. Der Vorplatz selbst lag im Schatten, hier sah man kaum die Hand vor Augen. Ich lehnte mich gegen den Kotflügel und zündete mir eine Zigarette an. Das ganze Bild war so friedlich und zum ersten Mal, seit ich hierherkam, war mir nicht zu heiß. Ich ließ die gesamte Szenerie einfach auf mich wirken. Sabatino hatte völlig recht gehabt. Manchmal braucht man einen anderen Blickwinkel, um die Dinge wieder richtig zu sehen. In Gedanken ging ich nochmals alles durch, was sich bisher ereignet hatte.
Da war Francesco aus der Bar, der so tat, als interessiere ihn die Abtei nicht die Bohne und der in Wirklichkeit wohl viel mehr darüber wusste, als er zugab. Und Professor Carbone, der die Unterlagen aus dem Stadtarchiv hatte mitgehen lassen und sich mit Francesco traf, obwohl sich beide angeblich kaum kannten. Dann dieser windige Bauunternehmer, Vincenzo Catalano, der hier ein Hotel eröffnen wollte. Dazu sein Schwager, Ignazio Benedetti, der Mann aus dem Rathaus, der immer so mürrisch war. Die Geschichte mit den zugemauerten Kellern und den beiden Jungs, die angeblich, wie so viele andere, nach einem Schatz gesucht hatten und von denen einer bis heute nie mehr aufgetaucht war. Und dann noch Sabatino, der mir diese haarsträubende

Geschichte vom Mönch in der Kutte und der Laterne erzählt hatte. Ich konnte mir auf all das irgendwie keinen Reim machen. Ich war mir nicht einmal sicher, ob das alles irgendwie zusammenhing, ob es einen roten Faden in dieser verworrenen Geschichte gab, oder ob hier einfach nur ein paar alte Legenden und ein wenig Phantasie im Spiel waren. Für sich betrachtet, war das alles völlig harmlos und eigentlich nicht weiter beachtenswert. Aber mein Bauch sagte mir, dass hier irgendetwas nicht passte. Die ganze Sache war nicht stimmig. Es lief nicht so rund, wie es hätte sein sollen. Normalerweise war es kein großes Ding, ein Gebäude dieser Größe zu vermessen. Eigentlich hätte ich schon seit einer Woche fertig sein können und längst wieder zuhause. Aber irgendwie hatte es immer wieder etwas gegeben, das mich abgelenkt hatte, unnötig aufgehalten. »Als würde jemand versuchen, Zeit zu gewinnen«, kam mir plötzlich ein Gedanke. Vielleicht war es das. Vielleicht war nur eine dieser ganzen Geschichten die, die tatsächlich real war, und alles andere war nur Verwirrung und gar nicht relevant? Okay, wenn ich mir also alle Beteiligten nochmals vornahm, dann war doch die naheliegende Frage, wem nutzt es? Wer hatte das größte Interesse daran, Zeit zu gewinnen? Ich zuckte mit den Schultern. Die Zigarette war aufgeraucht und ich trat sie sorgfältig aus und hob dann einen Stein an, der in der Wiese steckte, um sie darunterzulegen. Wer auf dem Land aufgewachsen ist, achtet peinlichst darauf, dass ja keine Glut vom Wind fortgetragen werden kann. Deshalb hatte auch Sabatino seine Kippen im Turm so ordentlich verräumt. Ich war noch gebückt, um den Stein wieder festzudrücken, als ich aus dem Augenwinkel einen kurzen Lichtreflex wahrnahm.

Nur den Bruchteil einer Sekunde. Ich richtete mich überrascht auf. Nein, es war nichts zu sehen. Ich starrte angestrengt in die Richtung, aber es kam nicht wieder. Vielleicht ein Glühwürmchen, dachte ich gerade, als ich erneut etwas aufblitzen sah. Diesmal war ich ganz sicher und es war auch definitiv kein Glühwürmchen. Ich erstarrte. Sollte Sabatino doch recht gehabt haben? Die Lichtblitze kamen aus dem Säulengang, wobei es weniger Blitze waren, es war eher ein tanzendes Licht, das hin- und herschwang, wie von einer Laterne. Ich atmete ganz flach und schob mich langsam rückwärts in Richtung Wagentüre. Das Licht war jetzt deutlich zu sehen und auch eine Gestalt, die es trug. Ich hatte die Wagentüre erreicht. Ich musste schnell sein, denn wenn ich die Türe öffnete, dann würde das Innenlicht angehen und mich verraten. Ich überlegte, ob ich den Schlüssel stecken gelassen oder irgendwo hingelegt hatte, auf die Motorhaube zum Beispiel, was ich oft mache, wenn ich nur kurz anhalte. Ich wusste es nicht mehr und mir brach der Schweiß aus. Die Gestalt befand sich jetzt auf halber Strecke im Säulengang von der Abtei, in Richtung des verfallenen Teils. Wo verdammt war sie hergekommen? Es gab hier keinen Eingang zur Abtei, das hatte ich heute Nachmittag überprüft und das Gestrüpp war für einen normalen Menschen völlig undurchdringlich, um an die Stirnseite des Gebäudes zu kommen. Für einen normalen Menschen ... vielleicht war das ja gar kein ... ich verbot mir, diesen Gedanken weiter zu denken. Jetzt blieb die Gestalt stehen. Man konnte deutlich die Laterne erkennen, die sie in der Hand hielt. Sie drehte sich etwas zur Seite und dann hob sie die Laterne hoch, bis über ihren Kopf, als wollte sie etwas über sich betrachten. Und als sie die Laterne so hoch hielt, da warf es ihren Schatten an die Mauer dahinter und mir gefror das Blut in den Adern. Ganz deutlich war jetzt zu erkennen, dass sie eine Kutte trug, wie ein Mönch, und eine Kapuze.

2.

Meine Knie wurden weich wie Butter. Wie hatte ich nur so blöd sein können, nochmal nachts hierherzufahren, wo mich Sabatino doch extra gewarnt hatte! Weg! Ich musste hier weg! Ich tastete nach dem Türgriff hinter mir und fand ihn nicht. Panik stieg in mir hoch und plötzlich fing der Boden unter mir an zu vibrieren. Ich dachte zuerst an ein Erdbeben, aber es war keins. Erdbeben fühlen sich anders an. Das ist mehr so, als würde die ganze Welt plötzlich aus Gummi bestehen und sich in alle Richtungen verbiegen, der Körper verliert jegliche Orientierung, weil jede Zelle, die für das Gleichgewicht zuständig ist, nur noch »Mismatch« ans Gehirn meldet. Das hier war einfach nur ein leichtes Vibrieren und viel zu gleichmäßig, es erinnerte mich eher an eine Maschine. Und eigentlich reichte es mir jetzt auch wirklich. Statt weiter nach dem Türgriff zu suchen, griff ich durchs offene Wagenfenster und zog beherzt am Hebel für das Fernlicht. Mit einem leisen Klicken schloss das zuständige Relais den Stromkreis und tauchte dann den gesamten Säulengang in gleißendes Licht. »Bühne frei!«, hätte ich am liebsten gerufen, denn das Ganze hatte etwas von einer Theaterinszenierung. Aber stattdessen brüllte ich: »Halt, stehen bleiben, Sie sind verhaftet!« Es sollte fest und sicher klingen, aber meine Stimme hatte eher etwas leicht hysterisch Kreischendes an sich. Die Wirkung war dennoch mehr als zufriedenstellend.

Die Gestalt riss die Arme nach oben und blieb wie angewurzelt stehen. Ich war selbst verblüfft über den durchschlagenden Erfolg. Und jetzt sah ich auch, wer der geheimnisvolle Mönch war. Es war ein altes Mütterchen, das, wie üblich, eine schwarze Strickstola um die Schultern trug und dazu ein Kopftuch. Das hatte im Schatten ausgesehen wie eine Kutte mit Kapuze. Sie hielt in der einen Hand die Laterne und in der anderen hatte sie einen geflochtenen Korb.

»Was wollen Sie?«, krächzte sie, »ich tue nichts Unrechtes!«

Ich ließ die Lichter angeschaltet, so dass ich weiterhin im Schatten stand und nicht zu sehen war, während sie geblendet blinzelte. »Wie bei einem Scheißverhör«, dachte ich plötzlich und fast musste ich grinsen. »Commissaria Chiara im Einsatz ...« schweiften meine Gedanken ab. Dann riss ich mich zusammen und sagte mit fester Stimme: »Und was tun Sie hier, nachts, alleine?«

»Ich suche Schnecken!«, dabei hielt sie mir demonstrativ ihren Korb entgegen, »haben Sie nichts Besseres zu tun, als eine alte Frau wie mich zu erschrecken?«

Sie dachte scheinbar tatsächlich, ich sei eine Polizeistreife.

»Und die müssen Sie ausgerechnet hier suchen, gibt es sonst nicht genug?«

»Pah, ich suche sie sonst oben im Wald, aber manchmal eben auch hier. Ist das vielleicht verboten?«

Nein, das war nicht verboten. Aber mich so zu erschrecken, dass ich selbst schon an den Geist eines alten Mönchs geglaubt hatte, das nahm ich ihr, zumindest im Moment, schon noch ein wenig übel.

»Und wie sind Sie hierunter gekommen?«

»Über den alten Weg, wie denn sonst!«

Langsam wurde sie etwas mutiger, auch bei ihr ließ scheinbar der Schreck nach. Ich wollte sie im Glauben lassen, ich sei von der Polizei und nur zufällig hier entlang gekommen. Es war Zeit, den Rückzug anzutreten.

»Also gut, passen Sie auf sich auf, ja! Einen schönen Abend noch.«

Ich wartete keine Antwort mehr ab, sondern stieg in den Wagen, ließ den Motor an und fuhr rückwärts bis zur Zufahrt, so konnte sie gegen die Scheinwerfer nicht erkennen, dass ich einen zivilen Wagen fuhr.

3.

Die Fahrt zurück nach Coresi verbrachte ich mit viel Kopfschütteln. Wie konnte ich nur glauben, dass ich einem Geist begegnet sei? Und wie schon die ganze Zeit, es tauchte etwas Unglaubliches auf, um sich im nächsten Moment schon wieder als ganz normal zu erklären. Immerhin wusste ich jetzt, was es mit dem Mönch in der Kutte und der Kapuze auf sich hatte. Und noch etwas wusste ich. Nämlich, dass es einen Weg geben musste, der hinter den Säulengang und somit auch an die Stirnseite der Abtei führte. Und das würde ich mir morgen genauer ansehen.

Ich schleppte mich die fünf Stockwerke nach oben, richtete mir mein Nachtlager auf der Dachterrasse und schlief sofort ein. Freilich nur, um den Rest der Nacht von Mönchen zu träumen, die mich mit Laternen durch die Keller der Abtei jagten und denen ich nicht entkommen konnte.

Die Nacht war kurz gewesen und durch meine wirren Träume fühlte ich mich, als hätte ich überhaupt nicht geschlafen. So ging ich erst einmal zu Francesco, um mich mit ordentlich Koffein und zwei Hörnchen einigermaßen wach zu bekommen.

Jetzt, bei Tageslicht, hatte ich Schwierigkeiten, alles auseinanderzuhalten, was gestern passiert war. Die Geschichte, die mir Sabatino erzählt hatte, die alte Frau an der Abtei und meine Träume in der Nacht. Als mir die Szene wieder einfiel, wie ich mich als Polizistin aufgespielt hatte, musste ich plötzlich laut herauslachen und Francesco sah mich fragend, mit hochgezogenen Augenbrauen, an. Aber ich schüttelte nur den Kopf. Nein, das Erlebnis behielt ich lieber für mich.

»Sag mal«, wandte ich mich dann doch an ihn, »dieser Bauunternehmer, dieser Catalano, der wartet doch praktisch nur noch auf die Entscheidung, ob die Abtei nun unter Denkmalschutz kommt oder nicht?«

»Ja, vermutlich. Was ich so gehört habe, ist ansonsten schon ziemlich alles klar.«

»Dann wäre für ihn doch eher wichtig, dass das schnell entschieden wird, oder?«

»Ja, sicher. Vermutlich wollte er auch neulich ein bisschen Druck machen, als du ihn hast abblitzen lassen.«

»Ja, wahrscheinlich«, sagte ich mehr zu mir selbst. Das hieß, wenn ich auf meine Frage von gestern zurückkam, wem es nutzen würde, wenn alles etwas verzögert wird, dann auf keinen Fall diesem Catalano. Ihn konnte ich also schon mal von der Liste streichen.

»Und wenn die Abtei zu einer Ausgrabungsstätte erklärt würde, das wäre dann der Super-GAU für ihn, oder?«

»Ausgrabungsstätte?«, er schrie das Wort förmlich, »wieso denn eine Ausgrabungsstätte? Ich meine, hast du da in die Richtung was entdeckt?« Er war ganz blass geworden, als er mich das fragte und jetzt wechselte seine Gesichtsfarbe rasant ins Dunkelrote und auf seiner Stirn erschienen ein paar Schweißperlen.

Ich zuckte mit den Schultern: »Nein, nicht direkt. War nur so ein Gedanke.« Ich ließ es möglichst belanglos klingen, so als hätte ich seine Reaktion nicht bemerkt, und legte etwas Geld auf die Theke. Dann zwinkerte ich ihm zu und machte, dass ich zur Abtei kam.

4.

Als wäre die letzten Hunderte von Jahren nie jemand hier gewesen, so wirkte das alte Gebäude, als ich auf den Platz fuhr. Diese gewaltigen Mauern zeigten immer noch eine Würde und einen Stolz, der mich jedesmal neu beeindruckte. Ich stieg aus und schlenderte in Richtung des Säulengangs. Auf halber Strecke blieb ich stehen und legte meine Hand auf die Außenmauer. Der kalte Stein strahlte eine Magie aus, die mich verzauberte. »Könntest du mir doch nur deine ganze Geschichte erzählen«, sagte ich dann lächelnd - freilich ohne eine Antwort zu erwarten.

Ich versuchte die ungefähre Stelle zu finden, an der ich gestern den Wagen abgestellt hatte. Der Boden war von der Hitze so ausgetrocknet und hart, dass keine Reifenspuren zu erkennen waren. Aber schließlich fand ich den Stein, unter den ich meine Zigarette gelegt hatte und rief mir dann den Ablauf nochmals in Erinnerung. Die alte Frau war aus meiner Sicht von rechts gekommen, von Richtung der Abtei. Aber als ihre Laterne das erste Mal zu sehen war, war sie schon ein ganzes Stück davon entfernt gewesen, das würde also bedeuten, dass sie irgendwo dazwischen von hinten in den Säulengang gekommen war. Der ehemalige Gang war an den meisten Stellen ziemlich beschädigt, fast überall war die Überdachung eingebrochen, ein paar der Säulen waren umgekippt, vermutlich durch Erdbeben. Direkt hinter dem Gang ging es sehr steil einen Hang hinauf, der oben an einem Wald endete. Da der Hang, zumindest sah es von hier so aus, unmittelbar dahinter anstieg, hatte ich nicht weiter nachgesehen, denn es schien mir unmöglich, dass dort noch ein Weg oder ähnliches sein könnte. Ich ging ganz nach links zu dem eingefallenen Gebäude und begann, den Säulengang von hier aus in Richtung Abtei abzulaufen. Die Stelle, an der die Frau gestern stehengeblieben war, fand ich schnell, denn es gab nur einen Fleck, an dem die Mauern noch so gut erhalten waren, dass ihr Schatten sich so klar hatte abzeichnen können. Immer wieder schielte ich misstrauisch nach oben, es war Wahnsinn, hier einfach so zu laufen. Jederzeit konnten Trümmerteile der ehemaligen Überdachung herunterstürzen. Kein Wunder, dass man damals das gesamte Areal unter Verbot gestellt hatte, es war wirklich nicht ganz ungefährlich. Ständig musste ich einen Bogen um größere Steinbrocken machen, das Dach im Auge behalten und nach einem verborgenen Zugang suchen. Und im letzten Drittel fand ich ihn dann auch. Ganz unscheinbar, versteckt hinter einer der Säulen, war ein großes Stück aus der rückseitigen Wand herausgebrochen. Ich steckte den Kopf hindurch - und tatsächlich, es waren doch fast noch zwei Meter, bis der Hang steil und fast unüberwindbar nach oben anstieg. Ich schlüpfte ganz durch die Öffnung und befand mich jetzt auf der Rückseite des Säulengangs. Auch hier gab es jede Menge Brennnesseln und Brombeerranken, aber man konnte mit ein bisschen Vorsicht trotzdem ganz gut vorankommen. Es waren auch nur ein paar Meter, dann öffnete sich der Pfad zu einem größeren Platz. Und endlich stand ich an der Stirnseite der alten Abtei - und staunte nicht schlecht.

Der Hang war zurückgesetzt, ein Pfad führte hinauf in den Wald, das war wohl der Weg, den die alte Frau gestern genommen hatte, um hier herunter an die Abtei zu kommen. Der ursprüngliche Zugang in den Säulengang war nicht mehr benutzbar. Große Trümmerteile, die im Lauf der Jahrhunderte mit Unkraut überwuchert waren, machten ein Durchkommen tatsächlich unmöglich. Kein Wunder, dass ich von der anderen Seite aus keine Chance gehabt hatte, hierher durchzudringen. Am meisten aber faszinierte mich die Abtei selbst. Der steile Hang und der Wald oben auf der Kuppe hatten wohl wie ein Schutzschild gegen die Unbill des Wetters gewirkt. Die Fassade war in einem ganz hervorragenden Zustand, fast überall war noch der Putz vorhanden. Weiter oben, fast unter dem Dach, waren sogar noch lateinische Inschriften zu erkennen, die zumindest so gut erhalten waren, dass man sie mit etwas Mühe wohl noch entziffern würde können.
Und hier sah ich nun auch zum ersten Mal das Wappen des Ordens im Original. Es war das gleiche, das mir der Professore gezeigt hatte. Es war deutlich zu erkennen und ich starrte es minutenlang einfach nur an. Es gab einige Fenster, die, wie alle anderen

am Gebäude auch, mit Holzlatten vergittert worden waren, und eine massive Türe. Ich ließ das Bild noch etwas auf mich wirken, dann sah ich mir den Eingang genauer an. Er war stabil und hatte ein Sicherheitsschloss. Hier würde ich mit meiner Schlüsselsammlung nicht weiterkommen. Ich rüttelte etwas am Griff. Vielleicht war die Türe nur eingeschnappt, aber nicht abgeschlossen? Ich nahm meine Kreditkarte und versuchte damit, wie ich es in Filmen gesehen hatte, zwischen Türblatt und Tür-stock den Schnapper zurückzudrücken. In Filmen klappt sowas ja in Sekunden. Ich brauchte auch nur Sekunden, um eine Ecke der Karte abzubrechen. Ich fluchte etwas und suchte dann den Boden nach einem Stück Draht ab, den ich verwenden konnte. Ich fand ein verrostetes Teil, das ich etwas zubog. Auch damit bekam ich sie natürlich nicht auf, aber immerhin hatte ich zu meiner zerstörten Kreditkarte jetzt auch noch eine blutende Risswunde an der Hand. Verdammt - ich konnte es nicht fassen! Jetzt hatte ich endlich diesen Zugang gefunden und nun hielt mich diese blöde Türe auf. Ich funkelte sie sehr böse an, was sie aber völlig unbeeindruckt ließ, und wollte gerade gehen, als mir ein Gedanke kam. Was, wenn sie damals überall die gleichen Schlösser verbaut hatten? Hastig kramte ich den Schlüssel heraus, mit dem ich sonst immer an der Seite der Abtei aufgesperrt hatte, er flutschte problemlos ins Schloss. Ich holte einmal tief Luft, dann drehte ich ihn beherzt herum und stieß die Türe auf.

Der Raum hatte die gleichen Böden, wie ich sie auch schon in den anderen Bereichen vorgefunden hatte, war ansonsten aber leer. Linker Hand gab es eine weitere Türe, die nur angelehnt war. Ich ging sehr langsam darauf zu, versuchte kein Geräusch zu machen und lauschte angestrengt. Ich glaubte zwar nicht, dass jetzt am Tag jemand hier wäre, aber ich wollte trotzdem nichts riskieren. Jetzt hatte ich die Türe erreicht. Ich blickte durch den Spalt und versuchte, etwas zu erkennen, aber es war absolut dunkel dahinter. Ich legte meine flache Hand auf das Türblatt und schob sie ganz langsam auf. Nichts, man sah absolut nichts, dieser Raum war stockdunkel, was seltsam war, denn ich hatte von außen ja die Fenster gesehen. Ich knipste meine Taschenlampe an, die ich mitgebracht hatte, und leuchtete in alle Ecken. Die Fenster waren von innen mit schweren Stoffen verhängt, deshalb also war es hier so dunkel. Der Raum glich einer Baustelle, es standen einige Schubkarren darin, diverse Werkzeuge lagen unordentlich herum, Schaufeln, Hacken, ein massiver Meißel und vieles mehr. Und ich sah endlich, wonach ich eigentlich gesucht hatte. Hier also war der zweite Zugang zu den Kellern! Eine kleine Mauer diente als Abgrenzung und dahinter führten die Stufen hinab in die Dunkelheit.

5.

Ich packte die Taschenlampe fester und stieg vorsichtig nach unten. Fast wäre ich die ganze Treppe hinuntergefallen, als ich mich mit dem Fuß in etwas verhedderte, das sich wie eine Stoffschlange anfühlte. Es entpuppte sich seltsamerweise als alter Schlauch, einer, wie ihn Feuerwehren verwenden, sehr dick und mit einem Textilmantel. Wie bei der anderen Treppe, musste ich einmal um die Ecke gehen und landete ebenso in einem kleinen Vorraum. Die Luft war feucht und roch ziemlich modrig. Der

Raum war übersät mit Holzteilen, alten Kisten, leeren groben Säcken und einigen Werkzeugen. An einer Wand lehnte ein gewaltiges Holzbrett, das sich bei näherem Hinsehen als alte Türe entpuppte, die aber nur lose an der Wand stand. Daneben waren, fein säuberlich aufgeschichtet, einige Ziegelsteine, wie man sie für Mauern verwendet. Das Türblatt war nicht allzu schwer und ließ sich leicht zur Seite zerren. Und dann hatte ich endlich gefunden, was ich schon vermutet hatte. Irgendjemand hatte den zugemauerten Eingang zu den Kellern wieder aufgebrochen. Mein Herz schlug wild und wie in Zeitlupe hob ich die Taschenlampe und leuchtete nun zum ersten Mal in die alten Keller.

Was ich vom Eingang aus im Schein der Lampe sehen konnte war, nun ja, eben ein ganz normaler alter Kellerflur. Irgendwie war ich enttäuscht. Ich weiß nicht, was ich mir erwartet hatte, aber es wurde jedenfalls nicht erfüllt. Zumindest nicht sofort. Ich lief ein paar Schritte hinein und nun umfing mich dieser modrige, feuchte Geruch ganz intensiv. Ich atmete flach und leuchtete in alle Richtungen. Bereits hier zweigten mehrere Gänge ab, die in verschiedene Richtungen führten. Ich wählte den erstbesten aus und befand mich jetzt in einem ziemlich großen Raum. Etwas, das mit einer Plane abgedeckt war, erregte meine Aufmerksamkeit. Ich hob vorsichtig eine Ecke der Abdeckung an und fand darunter einen Generator, mit dem man Strom erzeugen konnte. Und hier erklärte sich auch, was es mit dem alten Schlauch auf der Treppe auf sich hatte. Der Schlauch war an den Generator angeschlossen, um die Abgase nach oben zu leiten, wenn er lief. Daher also war das Vibrieren gekommen, das ich in der Nacht gespürt hatte. Der Generator war in Betrieb gewesen. Seine Größe reichte locker aus, um ihn auch oben im Hof, auf der Kellerdecke, zu fühlen. Ich zog die Plane wieder sorgfältig zurück und sah mich hektisch um. Das bedeutete, dass irgendjemand immer noch die alten Keller absuchte. Und zwar ganz aktuell, wie ich ja nun wußte. Okay, ich hatte tagsüber nie etwas gehört oder gespürt, und auch Sabatino kam ja schon lange am Tag zur Abtei. Es war also ziemlich sicher, dass derjenige, wer immer es auch sein mochte, nur nachts hier war. Der Gedanke beruhigte mich etwas. Vom Generator aus führten einige Kabel in die verschiedenen Gänge, vermutlich um die einzelnen Bereiche mit Licht zu versorgen. Den ganzen Werkzeugen nach zu urteilen, die ich oben gefunden hatte, beließ es derjenige aber wohl nicht beim reinen Suchen. Vielmehr schien er die Keller auch aufzugraben - warum auch immer.

Ich kam fast um vor Neugier, mir das alles genauer anzusehen, aber mir war klar, dass ich dafür jetzt nicht richtig ausgerüstet war. Es war kühl hier unten, vielleicht fünfzehn Grad, wenn überhaupt. Mit meiner leichten Kleidung fröstelte ich bereits jetzt. Die Böden waren roh und kantig und zudem feucht und rutschig, ich würde gute Schuhe brauchen, um hier herumzulaufen, Flip-Flops waren da unbrauchbar. Zudem würde ich eine bessere Lampe benötigen, von der ich vor allem auch wissen musste, wann ich den Akku das letzte Mal geladen hatte. Und ich bräuchte Papier, um Aufzeichnungen zu machen, und … in Gedanken erstellte ich bereits eine Liste für die komplette Ausrüstung. Das Wichtigste überhaupt war aber, dass ich sehr früh am Morgen herkam. Wenn ich unterstellte, dass derjenige, der hier zugange war, nur nachts arbeitete, dann hätte ich den ganzen Tag Zeit, mich umzusehen und rechtzeitig wieder zu verschwinden.

Ich stieg nach oben, kontrollierte genau, dass ich nichts verändert hatte, was auf meine Anwesenheit hätte hindeuten können, verschloss dann die Türe und ging auf dem Weg, den ich hergekommen war, wieder zurück.

6.

An meinem Auto blieb ich nachdenklich stehen. Das Areal war riesig, sollte das wirklich alles unterkellert sein? Ich kramte in meinen Unterlagen, bis ich die Skizze fand, die ich aus dem Gedächtnis angefertigt hatte, vom Plan der Keller, den ich beim Professore gesehen hatte. Jetzt, wo ich beide Eingänge kannte, verstand ich auch den Plan endlich besser. Laut seinen Aufzeichnungen war nur ein Teil der Abtei unterkellert, etwa zwei Drittel, vom hinteren Säulengang in Richtung Zufahrt. Dafür aber wohl der gesamte Bereich unter dem eingestürzten Gebäude und auch unter dem Platz dazwischen, auf dem ich gerade stand und wo ich die Vibrationen des Generators gefühlt hatte.

Es war längst Mittagszeit und so fuhr ich wieder einmal ins nahegelegene »La Bussola« auf eine Portion Nudeln und einen Krug Wein. Das ganze Essen über dachte ich darüber nach, wer da wohl heimlich in den Kellern zugange war und vor allem, wonach er dabei suchte. Ich konnte es kaum erwarten, endlich selbst zu sehen, was es dort unten alles zu entdecken gab.

Auf dem Rückweg in meine Wohnung holte ich mir noch zwei gute Lampen aus der Abtei, um sie über Nacht zu laden. Ich war aufgeregt bei dem Gedanken, in die Keller zu gehen, und wollte es auf keinen Fall an schlechter Ausrüstung scheitern lassen. Ich würde heute noch alles zusammensuchen, was ich bräuchte, und wollte dann morgen in aller Früh losfahren, um den Tag zu nutzen. Als ich auf meinem üblichen Parkplatz vor der Bar hielt, winkte mir Francesco zu. Ich hatte gerade die beiden großen Lampen aus dem Kofferraum nehmen wollen, aber irgendwie dachte ich, jeder würde mich fragen, wozu ich die mit mir herumschleppte. Also klappte ich den Kofferraum wieder zu und ging auf meinen üblichen Campari zu ihm in die Bar.

Ich lehnte an der Theke, nippte an meinem Drink und sah mich um. Es war düster und stickig hier drin, Francesco hatte noch kein Licht eingeschaltet und die Hitze des Nachmittags quoll zur offenen Türe herein. Ganz hinten war wieder der Tisch besetzt, an dem dieser Catalano, der Bauunternehmer, neulich schon gesessen hatte. Ich konnte nicht genau erkennen, ob er es war, aber keine Minute nachdem ich in seine Richtung geblickt hatte, erhob er sich und kam auf mich zu. Ich hatte mich nicht getäuscht, er war es tatsächlich. Er hatte wieder dieses verbindliche Lächeln aufgesetzt, und obwohl es so düster hier drin war, trug er eine tiefschwarze Sonnenbrille. Ich fragte mich gerade, wie er es schaffte, damit auch nur einen Schritt unfallfrei zu laufen, als er sich auch schon vor mir aufbaute.

»Ah, Signora Ravenna, nicht wahr? Wie geht es Ihnen?«

Mir war heiß, ich war verschwitzt und müde und dieser Mann war mir zutiefst zuwider. Dass er bei dieser Hitze einen Anzug und eine Krawatte trug und scheinbar nicht zu schwitzen schien, machte ihn mir noch unsympathischer. Während mein Gesicht mit einem leichten Schweißfilm bedeckt war, sah seines trocken und bleich aus, fast wie bei einer Leiche. Ich musste plötzlich grinsen - „cool" genug dazu war er jedenfalls. Er deutete mein Grinsen falsch und streckte mir die Hand entgegen.

Ich nahm sie zögernd und erschrak, sie war eiskalt und klamm.

»Gut, gut, danke. Nur ein wenig heiß dort draußen, an der Abtei.«

»Ja, das kann ich mir vorstellen. Nun, darf ich Sie auf eine Erfrischung einladen?«

Ich hielt mein Glas etwas hoch und schüttelte den Kopf: »Danke, ich bin versorgt.«

Er nickte. Wieder hatte ich es geschafft, den Gesprächsfluss zu unterbrechen und das freute mich insgeheim.

Für eine kurze Weile stand er etwas ratlos da und setzte dann wieder an: »Nun, wir sind ja alle sehr gespannt auf Ihren Bericht morgen. Da sehen wir uns ja dann schon wieder.«

Er lächelte, wie ein Raubtier diesmal, tippte mit zwei Fingern an einen imaginären Hut und wünschte mir noch einen schönen Nachmittag.

Ich blieb ratlos zurück. Welchen Bericht meinte er? Und wieso würden wir uns morgen sehen? Ich konnte mir keinen Reim darauf machen. Schließlich trank ich aus, verabschiedete mich von Francesco, der heute sehr einsilbig gewesen war, und beeilte mich, meine beiden Akkulampen nach oben in die Wohnung zu befördern.

Zu meinem Erstaunen steckte an meiner Türe ein Brief. Das Kuvert sah sehr offiziell aus und war tatsächlich an mich adressiert. Statt eines Poststempels trug er den Vermerk: »durch Boten zugestellt«. Neugierig riss ich den Umschlag auf. Es war ein Brief von der Gemeinde Coresi. Ich überflog ihn hastig.

»Sehr geehrte Frau Ravenna,

im Rahmen der von Ihnen durchgeführten Vermessungsarbeiten an der Abtei in Coresi Alto möchten wir Sie auffordern, sich für einen vorläufig abschließenden Bericht Ihrer Einschätzung im Rathaus in Coresi, Adresse wie oben, einzufinden. Als Termin haben wir 11.00 Uhr am …«

Was sollte das denn? Was für einen »vorläufig abschließenden Bericht« wollten die von mir haben? Und welche Einschätzung? Das war höchst ungewöhnlich! Vor allem, es gab noch gar keinen Bericht. Ich hatte ja noch nicht einmal die Pläne komplett überarbeitet, geschweige denn einen Zustandsbericht verfasst. Das würde ohnehin Lorenzo machen, sobald ich ihm meine Notizen und Unterlagen ausgehändigt hätte. Und dann noch diese ungünstige Zeit! Elf Uhr. Es würde sich nicht lohnen, davor zur Abtei zu fahren und danach war es zu spät, um den Tag noch zu nutzen. Ich konnte also morgen nicht in die Keller, sondern musste zu diesem Termin. Verdammt!

Den Rest des Tages verbrachte ich damit, die Pläne einigermaßen zu überarbeiten und meine Aufzeichnungen durchzusehen. Ich würde ganz sicher keinen Bericht vorlegen, das war nie ausgemacht, aber ich wollte doch zumindest gewappnet sein, um möglichst alle eventuellen Fragen beantworten zu können.

7.

Ich hatte bis zur Morgendämmerung an den Plänen gezeichnet, Maße übertragen, meine Notizen überarbeitet und eigentlich vorgehabt, dann noch kurz zu schlafen, jedoch war ich zu aufgedreht und warf mich nur unruhig hin und her, ohne einschlafen zu können. Schließlich stand ich unverrichteter Dinge wieder auf und kochte mir eine große Kanne caffè. Es war erst sechs Uhr und ich hatte keine Ahnung, wie ich die Zeit bis zu meinem Termin auf der Gemeinde rumkriegen sollte. Schließlich zog ich mich an, verließ die Wohnung und fuhr hinunter ans Meer. Dort lief ich dann zwei Stunden einfach am Strand entlang. Die salzige Meeresluft und die leichte Brise machten mich etwas wacher und ich genoss diesen Spaziergang. Zuhause, wenn ich in meinem Häuschen am Meer bin, laufe ich schon seit jeher jeden Morgen eine Stunde am Strand entlang. Ich habe da mein Ritual, ich gehe bis zum alten Leuchtturm, lasse dort meinen Gedanken freien Lauf und bin dann, entspannt und klar, nach einer Stunde wieder zurück, bereit für den Tag.

Ganz kurz überlegte ich, ob ich Professor Carbone einen Besuch abstatten sollte, um vielleicht doch noch etwas aus ihm herauszubekommen, aber dann verwarf ich den Gedanken. Ich hätte nicht gewusst, wo ich ansetzen sollte, um noch irgendetwas zu erfahren. Die ersten Strandcafés öffneten und ich bestellte mir in einem ein Frühstück und blätterte abwesend in irgendeiner Zeitung herum.

Schließlich stand ich bereits um Viertel vor elf vor dem Rathaus. Viel zu früh, also ging ich noch kurz in die Bar. Ich unterdrückte den Drang, mir ein Glas Wein zur Beruhigung zu bestellen und trank stattdessen den inzwischen wohl zehnten caffè für heute.

»Du hast dich aber fein gemacht«, neckte mich Francesco, als er mir die Tasse hinstellte, »hast du einen wichtigen Termin?«

»Ja, ich muss ins Rathaus. Die wollen einen Bericht von mir, über den Stand meiner bisherigen Arbeit.«

»Ah«, zog er die Augenbrauen hoch, »ist das üblich?«

Ich zuckte mit den Schultern: »Nun, sie bezahlen dafür, da dürfen sie natürlich auch Fragen stellen.«

»Und, was steht denn in deinem Bericht?«, wie immer versuchte er, völlig unbeteiligt zu tun.

»Nichts. Es gibt noch keinen Bericht, ich habe ja noch nicht einmal alles fertig vermessen.«

Damit stand ich auf, schob ein paar Münzen über den Tresen und verabschiedete mich.

In dem Schreiben, das ich gestern erhalten hatte, war ein Zimmer angegeben gewesen, in dem ich mich melden sollte. Ich verlief mich nur einmal, die Zählweise der Räume hier war, wie in jeder Behörde, vermutlich mittels eines geheimen Codes erstellt worden und entbehrte jeglicher Logik. Aber ich schaffte es, genau eine Minute vor meinem Termin klopfte ich an die Türe und als ich meinte, von drinnen ein »Herein« zu vernehmen, trat ich beherzt ein.

Ich hatte erwartet, in einem Büro zu landen, aber stattdessen befand ich mich in einer Art Sitzungssaal. Ein großer, runder Tisch aus auf Hochglanz

poliertem Mahagoniholz beherrschte den Raum. Um den Tisch herum standen circa zehn oder zwölf schwere Stühle, die mit schwarzem Leder bezogen waren. Die eine Seite des Tisches war gut besetzt. Ich erkannte Ignazio Benedetti, den Leiter der Gebäudeabteilung, der, wie immer, mürrisch vor sich hinstarrte. Neben ihm saß, ich glaubte es kaum, Vincenzo Catalano, sein Schwager. Was zum Teufel hatte der hier verloren? Zwei weitere Herren stellten sich mir als Gemeinderatsmitglieder vor. Ich war verwirrt, versuchte aber, mir nichts anmerken zu lassen. Ich stand etwas unschlüssig vor dem Tisch herum, bis schließlich Signor Catalano das Wort an mich richtete: »Signora, bitte setzen Sie sich doch, machen Sie es sich bequem.« Mit diesen Worten war er aufgestanden und um den Tisch zu mir herübergekommen, um mir dann affig einen Stuhl zurechtzuschieben, wie ein Kellner in einem Restaurant. Er setze sich, lächelte wie immer und richtete das Wort an mich: »Sie wundern sich vielleicht, mich hier zu sehen. Aber nun, erfreulicherweise ist diese Sitzung öffentlich. So kann ich als Zuschauer teilnehmen. Nur als Zuschauer.«
Er hatte tatsächlich »Sitzung« gesagt. Sollte das eine offizielle Sitzung der Gemeinde sein? Für mich fühlte es sich eher an wie ein Verhör. Was wurde hier gespielt? Meine Gedanken rasten in alle Richtungen, als mich einer der beiden vom Gemeinderat aus meinen Überlegungen riss: »Nun, Signora …«, damit begann er in einer dicken Akte zu blättern, »äh, Signora Ravenna, wie weit sind Sie mit den Vermessungsarbeiten?«
Ich gab einen kurzen Überblick, welche Gebäudeteile ich bisher vermessen hatte, beantwortete brav alle Fragen, zu den einzelnen Räumen und wurde einfach

nicht schlau daraus, was genau man eigentlich von mir wollte. Letztlich waren die meisten Fragen lediglich heiße Luft, Zeitverschwendung, ohne jeden tieferen Sinn. »Wie ein Theaterstück«, schoss mir plötzlich durch den Kopf, »in Wirklichkeit haben die überhaupt keine Fragen.« Ja, genau das war der Punkt! All das war wie eine billige Inszenierung. Auf den ersten Blick tagte hier ein Teil der Entscheidungsträger der Gemeinde und klärte wichtige Punkte. Sah man genauer hin, war die letzte halbe Stunde einfach nur völliger Blödsinn gewesen. Ich überlegte immer noch, was das alles sollte, da lieferte mir Catalano auch schon die Antwort.

»Also, liebe Signora Ravenna, wir danken Ihnen, dass Sie es einrichten konnten, vorbeizukommen, um uns auf den neuesten Stand zu bringen. Wegen des Berichts, nun, die Gemeinde hat entschieden, dass dieser Bericht von einem eigenen Gutachter erstellt werden soll, um auch wirklich unabhängig und im Sinne der alten Abtei zu einer Entscheidung zu kommen. Sie verstehen?«

Oh ja, jetzt verstand ich, was hier lief. Dieser „eigene Gutachter" war garantiert einer, den dieser Catalano aussuchen würde. Vermutlich würde er sogar die Kosten dafür übernehmen. Und dieser Gutachter würde garantiert zu dem Ergebnis kommen, dass ein Denkmalschutz völlige Verschwendung sei. Und damit wäre der Weg frei für Catalano, die Abtei zu erwerben und sie abzureißen, um sein Hotel zu bauen. Ich schluckte ein paar Mal trocken, ich hatte plötzlich eine Stinkwut. Es war wie immer. Es gab immer einen wie diesen Catalano, Leute, die sich nahmen, was sie wollten, denen es völlig egal war, was sie damit anrichteten. Die bereit waren, ein Stück Geschichte, wie diese Abtei, zu zerstören und diesen wunderbaren Flecken Natur mit einem Betonklotz zu verschandeln.

Ich wandte mich an die beiden Gemeinderatsmitglieder: »Und so eine wichtige Entscheidung fällen Sie ohne die Anwesenheit des Bürgermeisters?«

Das saß! Beide rutschten recht nervös auf ihren Stühlen herum, der eine begann wieder in seiner dicken Akte zu blättern. Der andere sah mich schließlich kaum an, als er sagte: »Unser Herr Bürgermeister ist derzeit auf einem Austauschbesuch in Frankreich. Wir erwarten ihn erst in ein paar Tagen zurück.« Er räusperte sich, nahm einen Schluck Wasser, dann sah er mich plötzlich doch direkt an: »Wir wollen diese Angelegenheit schnell abschließen. Bis wann bekommen wir die überarbeiteten Pläne von Ihnen?«

Aha. Ich sollte also schnell machen, dass ich hier wegkam. Jetzt war ich es, die einen auf wichtig machte und in ihren Unterlagen blätterte. »Nun, wenn ich mich beeile, dann könnte ich es bis Anfang kommender Woche schaffen.« Das war restlos übertrieben, ich hätte morgen alle noch fehlenden Maße nehmen können, plus einen Tag um die Pläne fertig zu korrigieren. Aber jetzt war ich es, die Zeit gewinnen wollte.

Er nickte, sah kurz zu Catalano, der unmerklich mit dem Kopf schüttelte, sah wieder mich an und sagte dann mit plötzlich entschiedener Stimme: »Wir erwarten die aktuellen Pläne mit allen Maßen bis Freitagmittag von Ihnen.«

Ich hätte explodieren wollen, so wütend war ich, aber ich riss mich zusammen, sicher hatten sie als Alternative den Plan, mir den Auftrag ganz zu entziehen, und das wollte ich nicht riskieren. Also

lächelte ich nur und sagte: »Selbstverständlich, ich werde mein Möglichstes tun. Wenn weiter dann nichts mehr …?«
Damit stand ich auf, die Herren deuteten allesamt auch kurz ein Aufstehen an, und ich durfte gehen.

8.

Ich stapfte aus dem Rathaus, lief an Francescos Bar vorbei, der mir zuwinkte. Sicher stand er schon die ganze Zeit am Fenster, um möglichst gleich von mir zu erfahren, was auf der Gemeinde herausgekommen war, aber ich hatte jetzt keinen Nerv auf ein Gespräch mit ihm, ich wollte alleine sein, ich musste dringend nachdenken.

In meiner Wohnung angekommen, schenkte ich mir ein Glas Weißwein ein, zündete mir eine Zigarette an und dann ging ich auf der Dachterrasse auf und ab und versuchte, einen klaren Gedanken zu fassen.
Unten auf der Piazza standen die Teilnehmer unserer gerade beendeten Sitzung. Benedetti, der Mürrische, schlurfte in Richtung Bar. Die anderen klopften sich auf die Schultern und liefen dann zu ihren Wagen. Catalano stieg in einen Jaguar, die beiden vom Gemeinderat ließen sich auf dem Rücksitz einer schwarzen Limousine nieder. Vermutlich der Wagen des Bürgermeisters, den sie nutzten, solange er nicht da war. Wahrscheinlich trafen sich gleich alle irgendwo zu einem ausgedehnten Mittagessen, um ihren Erfolg zu feiern.

Ich hatte bisher keine so tiefe Bindung zu der Abtei entwickelt, wie ich es sonst oft zu alten Häusern tue. Aber da ich jetzt wusste, dass es nur eine Frage der

Zeit war, bis Catalanos Gutachter grünes Licht geben würde, konnte ich an nichts anderes mehr denken, als daran, einen Weg zu finden, die Abtei zu retten. Dieser Platz, an dem sie lag, war so wunderschön - und das Gebäude durchaus schützenswert und viel zu gut erhalten, um es abzureißen. Mir war auch klar, dass es viel zu teuer wäre, es zu restaurieren. Der damit verbundene Aufwand hätte sich nie amortisiert. Aber man konnte es einfach so lassen, wie es war. Einfach eine alte, erhabene Abtei, die gut in die Landschaft passte und keinem etwas tat. Ich zermarterte mir den Kopf, wie ich sie würde retten können. Aber mir fiel nichts ein. Gab es erst einmal ein Gutachten, das die Belanglosigkeit des Gebäudes bestätigte, würde sich niemand mehr dafür interessieren. Und dann fielen mir wieder die Keller ein. Diese Keller, die von Anfang an der Schlüssel zu allem zu sein schienen. Vielleicht würde ich dort etwas finden. Der Gedanke beruhigte mich ein wenig und ich machte mich daran, meine Ausrüstung in einen Rucksack zu packen. Ich würde eine warme Jacke brauchen, feste Schuhe, Wasser, etwas Verpflegung, meine Lampen, Papier und Bleistift. Ich packte sorgfältig, so sorgfältig, als plante ich die Erforschung einer Höhle und nicht den Besuch eines stinknormalen Kellers. Aber ich wollte nichts dem Zufall überlassen.

Als ich fertig war, war ich so müde, dass ich mich kaum noch auf den Beinen halten konnte. Ich warf einen kurzen Blick in den Kühlschrank, um zu prüfen, ob ich noch irgendetwas da hatte, um mir später ein kleines Abendessen zu richten, dann rollte ich mich auf der Liege ein und holte den Schlaf der vergangenen Nacht nach.

9.

Die Sonne schob sich gerade aus dem Meer, als ich meinen Wagen an der Abtei parkte. Bis auf eine halbe Stunde, die ich nochmals wach gewesen war, um schnell etwas zu essen, hatte ich seit gestern Nachmittag durchgeschlafen. Als ich in Coresi losgefahren war, lag der Ort noch im Tiefschlaf. Einzig bei Francesco, der über seiner Bar wohnte, hatte schon Licht gebrannt. Ich wollte den Tag nutzen, um die Keller gründlich zu untersuchen und vielleicht endlich das Geheimnis der Abtei zu lüften. Ich parkte meinen Fiat diesmal so, dass man ihn gut sehen konnte, wenn man nur in die Zufahrt einbog, aber auch von der Abtei aus. Bisher hatte es zwischen mir und dem geheimnisvollen Arbeiter aus dem Keller keine Begegnung gegeben. Ich war ganz sicher, er oder sie würden nur nachts hier sein. Aber man sollte trotzdem für alle Fälle gleich sehen, dass ich in der Abtei zu tun hatte.

Ich nahm den Rucksack, in dem sich meine Ausrüstung befand, auf die Schultern und machte mich auf den Weg in Richtung Säulengang. Kurze Zeit später hatte ich wieder den Zugang zum Keller erreicht. Seit meiner Entdeckung vorgestern hatte sich hier nichts verändert. Ich zog mich um, stieg hinunter in den großen Raum mit dem Generator, überlegte kurz, ob ich ihn anschalten sollte, ließ es aber dann lieber bleiben und ging mit klopfendem Herzen in den ersten Kellergang.

Kapitel 6

1.

Ich war jetzt seit zwei Stunden in den Kellern
unterwegs und hatte nichts gesehen, außer kahlen
Wänden, rohen Böden und allerlei Getier, Spinnen,
ein paar Mäusen und diversen riesigen Käfern, die
sich hier unten sehr wohlzufühlen schienen. Es war
schwierig, die Orientierung zu behalten. Ich hatte
versucht, zuerst alles abzulaufen, was sich direkt
unter der Abtei befand. Dabei war ich auch auf den
zweiten Zugang gestoßen, den zugemauerten, auf
dessen anderer Seite ich vor ein paar Tagen
gestanden hatte. Danach erkundete ich die Gänge,
die unter dem Hof liegen mussten. Den Teil bei der
zusammengebrochenen Ruine, auf der gegenüberliegenden Seite, hatte ich mir bis zuletzt aufgehoben.
Die Böden waren überall aus nacktem Fels, jedoch
schienen die einzelnen Bereiche des Kellers auf
unterschiedlichen Höhen zu liegen. Immer wieder
hatte ich das Gefühl, dass es in manchen Gängen
bergab ging, um dann wieder eine leichte Steigung
nach oben zu spüren. Bisher hatte ich absolut nichts
Aufregendes entdeckt. Man hatte damals scheinbar
wirklich sehr gründlich ausgeräumt. Immer wieder
kam ich in größere Kammern, die durch schmale
Gänge miteinander verbunden waren. Ich wunderte
mich nur, warum die Luft so feucht war. Nach
meinen Aufzeichnungen hatte ich nun bald alles
erkundet, es fehlte nur noch der hintere Teil in
Richtung der Ruine und des Säulengangs. Obwohl es
recht kühl war, trieb mir die hohe Luftfeuchtigkeit
und die Aufregung, die ich immer noch in mir hatte,

den Schweiß heraus und ich war komplett durchgeschwitzt. Als ich in die vermutliche Richtung des letzten Abschnitts ging, merkte ich, dass hier die Böden nun ganz deutlich abfielen, ich hatte das Gefühl, immer tiefer nach unten zu kommen. Schließlich erreichte ich wieder eine Kammer. Hier schien es nicht mehr weiter zu gehen. Jedoch lagerten dort Unmengen an Werkzeugen. Ich fand Hacken, Schaufeln und zwei Schubkarren. Ich sah mir die Sachen genauer an, sie waren seltsamerweise alle sehr dreckig, voller Erde. Wo bitte gab es hier unten Erde? Ich hatte bislang nur Felsen entdeckt. Und warum lagerte man das alles hier, in einem Raum, ganz am Ende, von dem aus es nicht weiterging? Ich leuchtete alle Ecken ab und in der hintersten Nische fand ich eine Stelle, an der die Kellerwände versetzt gebaut worden waren. Dahinter versteckt gingen ein paar Stufen nach unten, dann kam eine scharfe Biegung und es taten sich erneut einige Flure auf. Ich zog meine Aufzeichnungen zu Rate und verstand schließlich, dass ich mich wohl erst jetzt unter dem alten Teil, der eingestürzt war, befand. Die Böden hier waren nicht aus Fels, sondern erdig, teilweise fast wie Lehm. Daher kam also diese hohe Luftfeuchtigkeit. Wieder versuchte ich alle Gänge und Räume abzulaufen, wieder ohne jedes Ergebnis, ohne etwas Aufregendes zu entdecken. Ich bog ein weiteres Mal aus einem Gang ab und kam in den größten Raum, den ich bis jetzt gefunden hatte. Und hier traf mich fast der Schlag! Der gesamte Boden glich einem Acker, er war umgegraben worden, an manchen Stellen waren tiefere Löcher, an einigen Punkten ragten Steine aus dem Boden, die sich bei näherem Hinsehen als alte Mauerreste entpuppten, allerdings alte Natursteinmauern aus unbearbeiteten

Steinen, nicht wie die übrigen Wände. Und dann entdeckte ich eine ganze Reihe kleinerer Kartons, die ordentlich entlang einer Wand aufgestellt waren. Ich leuchtete mit der Lampe hinein und war fassungslos! In den Kartons lagen alle Arten von Artefakten. Tonscherben, Gegenstände aus Metall, einige sahen aus wie Speerspitzen, andere waren nur noch Klumpen, deren ursprüngliche Form nicht mehr erkennbar war. Ich fand Teile von Schmuckstücken, Knochen und Werkzeuge. War es das, worum es hier ging? Das heimliche Ausbeuten einer Fundstätte? Ich hatte keine Ahnung, wie viel solche Dinge brachten, wenn man sie an Sammler verkaufte. Andererseits, die ganzen Werkzeuge und Maschinen, die ich oben gesehen hatte, das passte irgendwie nicht zu diesem einen Raum. Auch wenn er chaotisch aussah, das hätte man in einer Woche geschafft. Aber Sabatino hatte schon vor Jahren die unheimlichen nächtlichen Aktivitäten beobachtet. Was also hatte derjenige in der Zwischenzeit gemacht? Mein Gefühl sagte mir, dass das nicht alles sein konnte. Ich sah auf die Uhr, es war bereits früher Nachmittag, allzuviel Zeit würde mir nicht mehr bleiben, um noch weiter zu forschen.

Ich setzte mich auf den Boden, nahm meine Verpflegung aus dem Rucksack und verglich, während ich aß, nochmal den Plan von Professor Carbone mit den Skizzen, die ich in den letzten Stunden von den Kellern angefertigt hatte.

2.

Ich biss gierig in meine mitgebrachten Brote, krümelte mich von oben bis unten voll, musste irgendwie noch die Lampe halten und auf die Pläne schauen. Mir fiel nichts auf. In Gedanken versuchte ich nochmals, den gesamten Weg nachzugehen, den ich heute zurückgelegt hatte. Ich war gerade bei dem zugemauerten Eingang und wollte meine Route im Kopf fortsetzen, als mir doch endlich etwas einfiel. Genau! Der verschlossene Zugang, den ich hier unten von der anderen Seite her gefunden hatte, war in der ehemaligen Kirche. Laut den Plänen vom Professore gingen die Keller aber ein ganzes Stück weiter in Richtung Haupteingang, sie endeten laut ihm erst unter dem Teil der Abtei, in dem die vielen kleinen Zimmer waren. Ich war aber nicht über die Wand mit dem ehemaligen Eingang hinausgekommen. Es musste also irgendwo noch einen Gang geben, der in diesen Teil führte. Ich sprang auf, verstaute die Reste meines kargen Mittagessens wieder sorgfältig im Rucksack, suchte den Boden ab, ob ich auch ja nichts zurückließ, was meine Anwesenheit hätte verraten können, und machte mich auf den Weg zu dem zugemauerten Eingang.

Ich war inzwischen müde und meine Konzentration ließ immer mehr nach. So verlief ich mich zigmal, bis ich die Stelle endlich wieder fand. Ich versuchte mir in Erinnerung zu rufen, in welche Richtung ich auf dieser Seite der Wand jetzt blickte. Ich leuchtete in alle Ecken, suchte jeden Winkel ab. Es gab nur die Wege, die ich bereits gelaufen war, und eine kleine Abstellkammer. Zumindest hatte ich das gedacht. Ich hatte den schwarzen Stoff übersehen, der vor einem weiteren Ausgang wie ein Vorhang hing. Und tatsächlich, hier kam ich in die übrigen Räume, die auf dem Plan des Professors eingezeichnet gewesen waren. Und hier herrschte das blanke Chaos. Überall waren kurze Stollen in die Wände gegraben worden, Schuttberge türmten sich auf, Werkzeuge lagen kreuz und quer herum. Hier hatte jemand richtig gearbeitet. Das sah tatsächlich nach jahrelangem Mühsal aus. Die meisten Stollen und Löcher waren völlig verstaubt, ein paar dagegen zeigten den glänzenden Stein. Das mussten wohl die neueren Arbeiten sein, die erst vor kurzem durchgeführt worden waren. Es war ganz offensichtlich, dass hier jemand nach weiteren Kellern suchte, die von keiner bekannten Stelle aus zugänglich waren. Er oder sie vermuteten scheinbar, dass auch der vordere Teil der Abtei unterkellert wäre. Sicher hätten sie viel einfacher oben danach gesucht, nur, hätten sie dort die Böden aufgerissen, wären sie wohl schnell aufgeflogen. Aber wonach suchten sie? Nach mehr Fundstellen? War die erste Stelle ausgebeutet und suchten sie hier nach Nachschub? Wobei, die Artefakte hatten in dem lehmigen Boden gesteckt, hier waren die Böden aus massivem Fels. Es blieb alles rätselhaft. Ich sah wieder auf die Uhr. Es ging auf Abend zu, ich musste langsam hier verschwinden. Außerdem konnte ich nicht mehr, ich war völlig fertig. Ich brauchte dringend frische Luft, etwas Vernünftiges zu essen, ein Glas Wein, und ja, auch eine Zigarette wäre langsam nicht schlecht. Ich hatte mich nicht getraut, hier unten zu rauchen. Die Luft enthielt ohnehin wenig Sauerstoff, obendrein hätte der Tabakgeruch meine Anwesenheit tagelang verraten.

Ich schleppte mich zurück nach oben, mit schweren Schritten jetzt, und wäre am liebsten beim Laufen eingeschlafen. Je näher ich dem Ausgang kam, um so öfter blieb ich stehen, um zu lauschen, ob ich immer noch alleine hier wäre. Schließlich stopfte ich meine verdreckten Sachen in den Rucksack, kontrollierte nochmals, dass ich auch hier keine Spuren hinterlassen hatte, und ging dann zurück zu meinem Wagen.

Die Abendsonne brannte auf den Hof der Abtei und ließ die Luft flirren. Ich verkochte fast. Ich warf meine Sachen in den Kofferraum, öffnete das Verdeck, um das Auto auszukühlen, und als ich so dastand, dachte ich mir plötzlich: »Pfeif auf diese alten Geschichten!« Ja, es war mir plötzlich egal, ich hatte nur ein Bild vor Augen, nämlich das herrlich kühle Wasser des kleinen Sees. Und auch wenn ich mir das letzte Mal geschworen hatte, ihn nicht mehr zu betreten, so konnte ich es jetzt kaum abwarten, nach diesem harten Tag eine Runde zu schwimmen.

3.

Das Bad hatte mich erfrischt und einigermaßen zivilisiert fuhr ich zurück nach Coresi. Auf der Fahrt dachte ich über die Keller nach. Wie immer gab die Abtei keine Rätsel preis, sondern ständig neue auf. Die Keller an sich waren völlig unspektakulär, abgesehen natürlich von meiner Entdeckung in dem Teil mit den lehmigen Böden. Man hatte die Abtei also tatsächlich auf irgendetwas Antikem errichtet. Vermutlich ein altes Quartier aus der Römerzeit oder auch nur ein ehemaliges Schlachtfeld, auch dort fanden sich häufig solche Artefakte, wie sie in den Kartons gewesen waren. Was ich nicht verstand war, weshalb man so ein Getue um diese Keller gemacht hatte. Man konnte sich dort nicht wirklich verlaufen. Nun gut, wenn man keinerlei Orientierungssinn hatte und dann vielleicht auch noch die mitgebrachte Lampe ausging, okay, dann konnte es tatsächlich schwierig werden. Aber die Geschichte von dem

Jungen, der nie mehr aufgetaucht war, sollte da tatsächlich etwas dran sein, dann war er garantiert nicht in diesen Kellern verloren gegangen. Es sei denn ... ich erschrak plötzlich. Es sei denn, es gab tatsächlich noch weitere Keller. Die, nach denen der geheimnisvolle Fremde grub. Vielleicht hatten die Jungs damals den Zugang entdeckt. Nun, ich würde es nie erfahren. Ich hatte noch bis Ende der Woche Zeit, die restlichen Maße zu nehmen und die Pläne fertigzustellen. Was mich allerdings maßlos freute, war, dass ich jetzt ein Mittel in der Hand hatte, den Abriss durch diesen Catalano zu verhindern. Ob die Abtei unter Denkmalschutz gestellt werden würde, war nämlich gar nicht mehr die Frage. Ich hatte schließlich Artefakte gefunden. Ich war sogar verpflichtet, den Fund dieser Ausgrabungsstätte zu melden. Und damit würde ein Prozedere in Gang gesetzt, das die Abtei auf Jahrzehnte schützte. Die Gemeinde müsste das Areal abriegeln, die Polizei würde mehrmals am Tag und in der Nacht dort eine Runde auf ihrer Streife drehen und schließlich würde ein Ausgrabungsteam anreisen, das langsam und behutsam alles freilegen würde, was dort noch in den Böden zu finden war. Das konnte Jahre dauern. Und da ich auch ein paar Mauerreste gesehen hatte, würde die Abtei wohl nie mehr freigegeben werden. Die Gemeinde könnte sich maximal überlegen, irgendwann ein Museum einzurichten, falls das in dieser Gegend überhaupt Sinn machte. Ich grinste frech vor mich hin. Diese Bombe würde ich am Freitag platzen lassen, wenn ich um zwölf Uhr zu der mir gesetzten Frist die Pläne und Maße in die Gemeinde brachte. Das war dann sozusagen mein Abschiedsgeschenk an diesen Catalano. Bei dem Gedanken, wie er sich vor Wut darüber in den

Hintern beißen würde, musste ich laut herauslachen, und so fuhr ich mehr als gut gelaunt auf die Piazza und stellte mein Auto vor Francescos Bar ab.

Ich betrat die Bar in Hochstimmung und rannte dabei fast Catalano und seinen Miesepeter-Schwager Benedetti über den Haufen, die gerade im Begriff waren zu gehen. Ich murmelte eine Entschuldigung, beachtete die beiden aber nicht weiter und auch Catalano schien heute zum ersten Mal keine Lust zu verspüren, mich wie sonst mit seinem pseudover-bindlichen Getue zu nerven.

Ich schwang mich auf einen der Hocker an der Theke, strahlte Francesco an und sagte in seine Richtung: »Gib mir einen Eimer von deinem kältesten Bier, ich bin am Verdursten.«
Er zog nur ganz leicht die Augenbrauen hoch, murmelte irgendetwas und schob mir dann eine Flasche Bier über die Theke: »Hier, das ist kälter als das aus dem Fass.«
Auch jetzt verzog er keine Miene. Seltsam. Ich schaute ihn intensiv und lange an: »Was ist los? Ist etwas passiert?«
Er schüttelte leicht den Kopf, schluckte ein paar Mal und sagte dann mit richtig trauriger Stimme: »Nein, es ist nichts, gar nichts.«
»Komm schon, du hast doch was?«
»Ach, mich regen nur Gäste wie dieser Catalano auf. Dieses protzige, gestelzte Getue, ich hasse das!«
»Ja. Ich hab ihn vorhin rausgehen gesehen. Plant er schon kräftig an seinem Hotel? Und sein Schwager verschafft ihm die Baugenehmigung?«

»Ja, so ungefähr. Ich konnte nicht alles genau verstehen, was sie geredet haben. Aber sag mal, was wollten sie denn nun gestern von dir im Rathaus?«

Ich erzählte ihm in groben Zügen von meiner Sitzung, wie es die Gemeindemitglieder selbst genannt hatten. Als ich an die Stelle mit dem Gutachter und der mir gesetzten Frist am Freitag kam, schnaubte Francesco verächtlich. Ich unterbrach meinen Bericht und sah ihn fragend an.

»Ha!«, schrie er, »Ha! Diese Banditen! Von wegen Frist am Freitag. Was ich vorhin sehr genau verstehen konnte, als ich gerade Getränke servierte, der Gutachter kommt bereits morgen!«

»Was?«, jetzt war ich es, die fast schrie.

»Ja, du hast schon richtig verstanden. Morgen kommt der Gutachter, der darüber entscheidet, was aus der Abtei wird.«

Mir wurde ganz flau im Magen. Wie hatte ich nur denken können, ich sei einem Typen wie Catalano gewachsen. Der hatte viel bessere Tricks drauf als ich. Deswegen war der die ganze Zeit so entspannt gewesen. Meine Pläne, die Vermaßung, die angebliche Frist am Freitag, all das war ihm völlig egal. Das war schon wieder nur Beschäftigungstherapie gewesen. Ein Ablenkungsmanöver, nichts weiter. Sein Gutachter würde wahrscheinlich noch morgen vor Dienstschluss der Gemeinde ein Gutachten vorlegen, in dem er bescheinigte, dass es an der alten Abtei nichts Schützenswertes gab. Und vermutlich würde Catalano dann sofort den Kaufvertrag unterschreiben. Nach italienischem Immobilienrecht genügte ein nicht notarieller Vorvertrag, verbunden mit einer Anzahlung, dass er sofort über die Abtei verfügen konnte. Die Konsequenzen daraus waren fatal. Theoretisch konnte er bereits übermorgen mit

Baggern anrücken und mit dem Abriss beginnen. Zumindest aber würde er garantiert sofort dafür sorgen, dass niemand mehr das Areal betreten durfte. Er hatte dann das Hausrecht, und ganz sicher würde er diese nervige kleine Geometra, nämlich mich, nicht mehr in die Nähe der Abtei lassen. Und ich hatte keinerlei Beweise für meinen Fund im Keller. Würde ich es melden, würde Catalano behaupten, ich wolle mich nur wichtig machen. Und bis ihn jemand zwingen konnte, einen Blick in die Keller werfen zu dürfen, hätte er dort längst alles dem Erdboden gleichgemacht. Verdammt!

»Chiara!«, Francesco wedelte mit seinen Händen vor meinem Gesicht herum, »hallo, träumst du?«

Ich erschrak, ich hatte gar nicht mehr wahrgenommen, dass ich noch in der Bar saß, so sehr hatten mich meine Überlegungen gefangen genommen.

»Entschuldige, ich ... war in Gedanken.«

Ich hätte losheulen wollen. So sicher war ich mir gewesen, dass ich diesen Mistkerl ausgetrickst hatte, und jetzt war das alles doch umsonst gewesen. Es sei denn ... ja, es sei denn, ich hätte einen Beweis. Ja! Das war die Lösung. Sie gefiel mir nicht, sie gefiel mir ganz und gar nicht, aber ich sah keine andere Möglichkeit. Ich musste nochmal in die Keller und eines der Artefakte herausholen. Dann hätte ich den Beweis und könnte die Fundstelle melden, ohne dass man mich ignorieren würde. Aber dazu blieb nur noch die heutige Nacht. Morgen, wenn der Gutachter dort war, ginge es nicht mehr. Denn sicher würde auch Catalano da sein, und der würde mich dort keinen einzigen Schritt mehr unbeobachtet machen lassen. Ich schluckte schwer. Es half nichts. Ich würde heute Nacht in die Keller gehen und dabei ein Treffen mit dem Unbekannten riskieren müssen. Und mir schauderte bei dem Gedanken.

Kapitel 7

1.

Ich verabschiedete mich hastig von Francesco und lief in meine Wohnung. Dort tauschte ich die verdreckten Sachen von heute gegen frische aus. Ich entschied mich für ein schwarzes langärmeliges Trikot, eine Jacke würde ich diesmal nicht brauchen, ich wollte mich ja nicht lange in den Kellern aufhalten. Wichtig war mir, dass es dunkle Sachen waren, damit ich möglichst unsichtbar bleiben konnte. Die beiden Lampen von heute waren leer und es blieb mir nur eine einfache Taschenlampe als Ersatz. Ich holte mir zwei frische Flaschen Wasser aus dem Kühlschrank, zwang mir widerwillig einen Schokoriegel als Ersatz für ein Abendessen rein und schaute, dass ich schnellstens wieder zur Abtei kam.

Es würde noch eine Weile hell sein, mein Plan war, mich möglichst noch vor der Dunkelheit wieder auf dem Rückweg zu befinden. Ich wollte gerade in die Zufahrt einbiegen, als ich im letzten Moment aus dem Augenwinkel etwas im Gebüsch aufblitzen sah. Ich hielt an, es war ein Rennrad, unverkennbar das von Sabatino. Verdammt, er war im Glockenturm, wollte sich wohl den Sonnenuntergang ansehen, ausgerechnet heute. Ich stieß rückwärts aus der Einfahrt und fuhr die Straße ein kleines Stück weiter, bis ich einen Feldweg fand. Dort parkte ich. Ich würde warten müssen, bis er weg wäre, da half alles nichts. Hoffentlich hielt er sich an seine eigene Regel, niemals bei Nacht in der Abtei zu sein. Alle paar Minuten lief ich vorsichtig die Straße hoch, um zu schauen, ob sein Rad noch da war. Und endlich, als ich die Hoffnung schon fast aufgegeben hatte, sah ich ihn davonfahren, wie neulich stand er in den Pedalen und kämpfte sich die erste Steigung hoch. Ich gab Gas und fuhr jetzt zur Abtei, parkte wieder neben dem eingefallenen Teil, halb im Gebüsch, nahm meinen Rucksack heraus, wollte nach der Jacke greifen, die ich ja nicht dabei hatte, und plötzlich fiel mir mit Entsetzen ein, dass ich den Schlüssel zur Abtei in der Jackentasche gelassen hatte. Das durfte nicht wahr sein! Ich hatte jetzt fast eine Stunde darauf gewartet, dass Sabatino endlich abhaute und hätte in der Zeit locker den Schlüssel holen können. Ich hatte eine unglaubliche Wut - auf mich, auf die Abtei, auf alles. Ich setzte mich wieder in den Wagen, knallte die Tür zu und fuhr zurück nach Coresi. Ich hielt mit quietschenden Reifen vor der Bar, sprintete hoch, griff mir den Schlüssel und sauste wieder nach unten. Francesco schaute mich entgeistert an, als ich in meinen Wagen sprang, und ich rief kurz: »Hab nur was vergessen, bin verabredet, sorry.«

Als ich wieder an der Abtei ankam, war die Nacht bereits hereingebrochen. Soviel zu meinem schönen Plan, noch bei Tageslicht alles erledigen zu können. Das Gelände sah so wunderschön aus. Der Mond tauchte alles in ein kaltes Licht, das mit dem dunklen Stein der Fassade spielte. Selbst die zusammengebrochene Ruine wirkte in diesem Szenario wie gemalt. Es war absolut still, fast schon unnatürlich still, wie ich fand. Der Hof in der Mitte sah auch faszinierend aus. Die größeren Steinbrocken, die überall verteilt lagen, leuchteten angestrahlt vom Mond und warfen gleichzeitig tiefschwarze Schatten.

Obwohl es noch heiß war, zog ich bereits hier mein schwarzes Trikot an, um mich zu tarnen. Dann lief ich, geduckt in bester Task-Force-Manier, entlang der Ruine, versuchte jede mögliche Deckung zu nutzen und erreichte schließlich den Säulengang. Der lag im Schatten, aber ich wollte kein Licht anmachen, außerdem war ich mir sicher, die Stelle auch so zu finden, in der es nach hinten in den Pfad ging. Kurz bevor ich sie erreichte, klopfte ich mir schon innerlich auf die Schulter. Ich war so verdammt gut, ich konnte mich hier sogar in dieser Finsternis zurechtfinden. Gerade hatte ich das gedacht, als ich mit voller Wucht gegen einen der größeren Brocken lief, der vom ehemaligen Dach stammte. Ich unterdrückte einen Aufschrei, fluchte lautlos und legte den Rest des Weges dann leicht hinkend zurück. Ich brauchte nur ein paar Augenblicke, den Pfad zu überwinden, und dann stand ich wieder vor dem Eingang an der Stirnseite der Abtei. Ich hatte die ganze Zeit immer wieder angestrengt gelauscht, ob irgendetwas zu hören wäre, aber bisher war alles ruhig. Ganz leise schloss ich die Türe auf, horchte wieder eine Weile in die Abtei hinein, aber auch hier war nichts zu vernehmen. Ein letzter Kontrollblick den Pfad hoch in den Wald, dann schlüpfte ich ganz durch die Türe und tastete mich in den zweiten Raum, in dem die Treppe nach unten führte. Von oben war weder etwas zu sehen noch zu hören und so stieg ich die Stufen hinab. Ich hatte mir zuhause den Weg zu dem Raum mit den Fundstücken ganz genau eingeprägt, um ja keine Zeit zu verlieren. Ich holte tief Luft und dann spulte ich die Route mechanisch ab: Durch die Gänge, mal links herum, mal rechts, bis ich in der Kammer mit den Werkzeugen war. Jetzt noch einmal nach unten und ich stand wieder vor den Kartons mit den Artefakten. Ich musste mich beeilen, denn hier ging es nicht weiter. Würde jemand kommen, saß ich in der Falle. Mein Plan B sah vor, sollte ich überrascht werden, mich entweder zur Treppe zu schleichen, wenn derjenige tief in den Kellern war, oder aber mich in einer dunklen Ecke zu verstecken, bis ich wieder alleine wäre - was im Zweifel natürlich die ganze Nacht dauern konnte.

Ich leuchtete die Kartons ab. Am sichersten erschienen mir die Speerspitzen, sie waren am besten erhalten und unstrittig antik. Ich nahm die schönste, die ich finden konnte, und wickelte sie sehr sorgfältig in ein Tuch, das ich mitgebracht hatte. Das Tuch verstaute ich in einer Plastiktüte und das Paket dann schließlich in meinem Rucksack. Es war strengstens verboten, was ich hier machte. Man durfte solche Funde auf keinen Fall mitnehmen, selbst Anfassen war schon untersagt. Aber es ging nicht anders und ich wollte es ja nicht für mich behalten. Nur erwischen durfte mich damit keiner, bevor ich es offiziell abgab.

Ich sah mich nochmals kurz um, nickte und machte mich auf den Weg zurück zur Treppe. Jetzt kam der besonders kritische Teil der Unternehmung. Bis zur Treppe blieb ich immer wieder stehen, lauschte, lief weiter, horchte wieder. Bis jetzt hätte ich mich jederzeit verstecken können, wäre jemand gekommen. Nun musste ich die Treppe rauf und durch die beiden Räume zum Ausgang. Genau jetzt durfte möglichst niemand auftauchen, denn er würde mich sofort entdecken. Ein letztes Mal spitzte ich die Ohren, dann lief ich los, immer zwei Stufen auf einmal nehmend, durch den ersten Raum, in den zweiten und dann stand ich vor der Türe. Ich legte mein Ohr auf das Türblatt, aber sie war zu massiv, man hätte so oder so nichts gehört. Ich sperrte auf, öffnete die Türe Millimeter für Millimeter, versuchte den Pfad hinaufzublicken, ob da ein Licht zu sehen war, aber ich konnte nichts erkennen. Ich schloss wieder ab und wollte gerade den Weg zum Säulengang zurück einschlagen, als ein lautes Knacken, oberhalb von mir, mein Blut gefrieren ließ. Es knackte nochmals und bevor ich wusste, was ich tun sollte, gab es ein durchdringendes Quieken und dann kam richtig Bewegung in den Hang. Ich atmete erleichtert aus, das waren nur ein paar nächtliche Jäger, die mit ihrer Beute kämpften. Mir genügte es trotzdem, ich sprintete los in den Pfad und als ich die Öffnung in der Mauer erreichte, machte ich förmlich einen Hechtsprung hindurch und war jetzt wieder zurück im Säulengang. Ich lehnte mich mit dem Rücken an die Wand und mein Körper schüttete jetzt mit Verspätung eine Ladung Adrenalin in meinen Blutkreislauf aus. Mein Herz hämmerte so sehr, dass es mir in den Ohren dröhnte, meine Knie waren ganz weich und ich zitterte.

Ich blieb ein paar Minuten stehen, bis ich mich wieder beruhigt hatte. Der Hof der Abtei sah auch aus dieser Perspektive traumhaft schön aus, wie er im Mondschein dalag. Die Seite entlang der Ruine, auf der ich hergekommen war, lag jetzt voll im Licht. An der Wand der alten Abtei dagegen war inzwischen ein Streifen Schatten. So entschied ich mich, auf dieser Seite zurück zu meinem Auto zu laufen. Vermutlich war es zwar egal, denn der nächtliche Besucher kam, da war ich eigentlich sicher, bestimmt von oben über den Wald, er würde hier gar nichts sehen. Aber, so kurz vor dem Ziel, wollte ich nichts mehr riskieren.

Ich hielt mich ganz dicht an der Wand und als ich die Hälfte des Weges zurückgelegt hatte, kam ich an der Türe vorbei, die ich bisher immer benutzt hatte. Wieder dachte ich an die Keller, die zusätzlichen, die es vielleicht gab. Der Zugang müsste irgendwo im vorderen Teil der Abtei sein, in Richtung Haupteingang. Ob ich vielleicht doch noch ein letztes Mal danach suchen sollte? Während mein Verstand unzählige Argumente lieferte, warum das eine absolut blöde Idee sei, hatte meine Neugier, wie fast immer, schon längst eine Entscheidung getroffen. So schloss ich die Türe auf, lauschte auch hier kurz, und dann stand ich wieder in der mir vertraut gewordenen Umgebung inmitten der alten Kirche der Abtei.

2.

Natürlich war es blödsinnig zu denken, ich würde auf die Schnelle irgendetwas finden. Sollte es weitere Keller geben, dann müsste irgendwo eine Art Luke oder etwas Ähnliches im Boden sein. Ich hatte zwar nie extra nach so einem Zugang gesucht, aber ich war genug hier herumgelaufen und mir war nie etwas Besonderes aufgefallen. Ich sollte wirklich schauen, dass ich hier wegkam. Gerade noch hatte ich das gedacht, als ich plötzlich ein Geräusch von der Türe her vernahm. Ich hielt den Atem an und lauschte angespannt. Ja, ganz deutlich, es kam von der Türe, ein metallisches Kratzen, wie wenn ... - ja, wie wenn ein Schlüssel in ein Schloss gefummelt wird. Es folgte ein zweimaliges Klicken, als der Schlüssel herumgedreht wurde und dann öffnete sich langsam die Türe.

Ich war im letzten Moment in den ersten Raum gesprungen, der aus der Kirche führte, und drückte mich ganz flach an die Wand. Ich konnte es nicht glauben, dass ich es geschafft hatte, in die Keller unbemerkt rein- und rauszukommen und jetzt hier von jemandem überrascht wurde. Der Eindringling ließ die Türe leise zufallen. Er hatte eine Lampe dabei, also schien er sich sicher zu fühlen und niemanden hier zu vermuten. Ich konnte sehen, dass das Licht sich eine ganze Weile nicht bewegte, aber scheinbar leuchtete er in verschiedene Richtungen, um sich zu orientieren. Dann setzte er sich in Bewegung. Ich atmete kaum mehr und hoffte, dass er nicht ausgerechnet hier hereinkommen würde. Aber er blieb im großen Saal und ging dort quer durch den Raum. Als ich an seinem Licht erkennen konnte, dass er schon ein ganzes Stück an mir vorbei sein musste, riskierte ich einen vorsichtigen Blick. Und fast hätte ich aufgeschrien! Das war schon wieder ein Mönch! Ganz klar erkannte ich die Kutte und die Kapuze, die er trug, und wieder hatte er eine Laterne in der Hand. Und nein, es war nicht die alte Frau von neulich, das war eine echte Kapuze, kein Kopftuch, wie beim letzten Mal. Und die Gestalt war auch viel größer, das war eindeutig ein Mann. Sollte es den Jungen mit der Laterne doch geben, der hier nachts nicht zur Ruhe kam? Mir wurde ganz schlecht vor Angst. Die Gestalt ging mit langsamen, schweren Schritten auf die andere Seite des Raums und stieg dort dann die Kellertreppe nach unten. Ich überlegte, ob ich es riskieren sollte, den Ausgang zu erreichen, um zu verschwinden. Leise würde das nicht gehen, und bis zu meinem Wagen war es ein ganz schönes Stück, das ich zurücklegen musste. Nein, ich würde auf eine bessere Gelegenheit warten. Was machte der nur da unten, er konnte ja nicht weit gekommen sein, denn nach dem ersten Treppenabsatz war bereits das Gittertor. Plötzlich durchdrangen laute Schläge die Abtei. Drei-, viermal krachte es, dann ein lautes Scheppern und jetzt wusste ich, was er tat. Er hatte die Kette aufgebrochen, die das Gittertor verschloss. Einen Geist konnte ich jetzt wohl ausschließen, erstens hätte der keinen Schlüssel gebraucht, um hier hereinzukommen, und zweitens brachen Geister auch keine Tore auf, zumindest war mir davon nichts bekannt.

Die Geräusche nahmen plötzlich wieder zu, ich hörte Holz splittern und immer wieder fiel irgendetwas krachend um. »Der sucht da unten nach einem Zugang«, ging mir durch den Kopf. Er räumte in dem Vorraum alles von unten nach oben, auf der Suche nach einem weiteren Eingang. Nun, wenn ich eines sicher wusste, dort war garantiert weiter nichts zu finden. Ich hatte, als ich sah, dass der Eingang nach wie vor vermauert war, dort unten wirklich jeden Millimeter durchkämmt. Da konnte er lange schauen. Wie kam es nur, dass er ausgerechnet heute hier anfing zu suchen? Er hätte das ja schon seit Jahren tun können und meine Theorie war gewesen, dass er nichts verändern wollte, um nicht aufzufallen. Jetzt schien ihm das egal zu sein. Und warum - verdammt - ausgerechnet heute Nacht? »Weil es morgen zu spät ist«, gab ich mir selber die Antwort. Ja, weil morgen der Gutachter kommen würde. Der Gutachter. Wer wusste denn davon, dass hier ab morgen nichts mehr zu holen war? Catalano, klar, aber den konnte ich streichen, der würde vermutlich ab morgen der neue Eigentümer sein, dann könnte er hier tagsüber bequem tun und lassen was er wollte. Sein

Schwager? Nein, das ergab keinerlei Sinn. Was war mit den beiden von der Gemeinde? Auch nicht, das schien mir zu unwahrscheinlich, die waren nur daran interessiert, möglichst schnell zu verkaufen, bevor sie auf einem für sie wertlosen Denkmalschutzobjekt sitzen blieben. Und sonst? Wer, außer mir, wusste es sonst noch? Da gab es nur noch einen! Ich erschrak bei dem Gedanken, irgendwie hatte ich ihn nie so recht in Erwägung gezogen, so undurchsichtig seine Rolle auch gewesen sein mochte.

Ein weiteres Krachen, er hatte, wohl aus lauter Wut oder Verzweiflung, das Gittertor gegen die Wand gedroschen. Und jetzt hörte ich seine Schritte die Treppe nach oben kommen. Würde er wieder gehen oder wollte er den Rest auch noch absuchen? Er lief nun in meine Richtung und leuchtete dabei sorgfältig den Boden ab. Ich zog mich langsam zurück, ich würde durch die vielen kleinen Zimmer ganz nach vorne in die Haupthalle gehen und von dort hatte ich zwei Optionen, entweder ich stieg in den ersten Stock und konnte dann versuchen, über die Empore wieder zum Ausgang zu kommen, oder ich lief einen Kreis und kam wieder zurück in die ehemalige Kirche. Ich schlich langsam rückwärts tiefer in den Raum hinein, der Lichtschein seiner Lampe kam immer näher, er wollte wohl tatsächlich, ausgerechnet hier, mit seiner Suche beginnen. Ich tastete nach dem Ausgang hinter mir und schob mich leise in den nächsten Raum. Ich hatte ihm gegenüber sicher den Vorteil, dass ich den Grundriss ganz genau kannte. Diese vielen kleinen Kammern, bestimmt über zwanzig, die wie ein Labyrinth angelegt waren, würde ich garantiert schneller als er durchlaufen, um in die Haupthalle zu kommen. Er hatte jetzt den ersten Raum erreicht. Ich hoffte, er würde auch dort die Böden absuchen und mir so Zeit verschaffen. Aber sein Licht kam zügig näher, er wollte scheinbar, wie ich auch, ganz in den vorderen Teil der Abtei. Verdammt, ich musste einen Zahn zulegen und das ohne Licht, während er seinen Weg bequem ausleuchten konnte. Das Spiel ging so weiter, ich schaffte es immer nur, dass lediglich ein Zimmer Abstand zwischen uns war. Und dann, im vorletzten Raum, verrechnete ich mich und schwang mein Knie statt in den nächsten Durchgang voll gegen die Wand. Der Schmerz, der mich durchzuckte, ließ mich kurz Sterne sehen und ich konnte einen leisen Aufschrei nicht unterdrücken. Ich hielt den Atem an. Hatte ich wirklich aufgeschrien oder hatte ich mir das nur eingebildet? Ich lauschte, er war stehen geblieben, scheinbar unschlüssig, also hatte er etwas gehört! Eine Kammer noch, dann konnte ich in die Halle flitzen und am anderen Ende wieder durch die kleinen Zimmer zurück einen Bogen schlagen. Er würde sicher den vorderen Bereich absuchen wollen. Ich tastete nach dem Ausgang, fand ihn, ging hindurch und war endlich in der großen Halle. Hier fiel durch die oberen Fenster, die man nicht mit den groben Holzbalken vergittert hatte, das Mondlicht herein. Ich blieb ganz kurz fasziniert stehen. Dieser erhabene, fast kathedralenartige Raum sah in diesem Licht aus wie die Kulisse aus einem Horrorfilm. Am anderen Ende führte die gewaltige Freitreppe in einem Bogen nach oben. Die Böden schimmerten schwarz und ich bekam Gänsehaut am ganzen Körper. Ein Geräusch, fast hinter mir, ließ mich aufschrecken und ich lief los. Aber mein Knie tat zu weh, ich war nicht besonders flink und ich hörte seine Schritte jetzt deutlich näherkommen. Das mit den kleinen Zimmern würde zu knapp werden, ich

konnte in der Finsternis da drin nicht schnell genug
sein, so entschied ich mich für meinen zweiten Plan
und steuerte die Treppe an. Im oberen Geschoss war
es heller und ich würde mich auf die Empore retten
oder im Turm verstecken.

»Hey, was machen Sie da!«, schrie es plötzlich hinter
mir. Er hatte das Versteckspielen also aufgegeben.
Nun, dann musste ich auch nicht mehr vorsichtig
sein. Ich würde meinen Vorteil ausspielen, dass ich
den Grundriss perfekt kannte, und ihn in den oberen
Stockwerken austricksen. Und ich wusste nun, wer er
war, während er mich sicher noch nicht erkannt
hatte. Ich antwortete nicht, sondern lief jetzt ohne
Rücksicht darauf, Lärm zu machen, in Richtung der
Treppe. Ich hatte sie fast erreicht, kalkulierte die
Entfernung und machte einen großen Sprung direkt
auf die dritte oder vierte Stufe, um Zeit zu gewinnen.
Ich landete mit dem Bein, an dem ich mir vorhin das
Knie so brutal gestoßen hatte. Eine Schmerzwelle
funkte mir direkt ins Gehirn und nahm mir fast die
Besinnung, das Bein knickte einfach ein und ich lag
der Länge nach auf der Treppe.

3.

Ich war kampfunfähig und hätte am liebsten geheult.
Die Gestalt in der Kapuze hatte meinen Sturz genutzt
und aufgeholt und stand jetzt direkt hinter mir. Ich
hoffte sehr, dass ich mich nicht getäuscht hatte, und
drehte mich langsam um, dabei richtete ich ihm
meine Taschenlampe voll ins Gesicht. Er tat das
Gleiche und sekundenlang starrten wir uns beide
einfach nur an.

Francesco trug einen viel zu weiten Hoodie und hatte die Kapuze aufgesetzt, daher hatte er ausgesehen wie ein Mönch. »Ciao Francesco«, sagte ich leise.

Er starrte mich weiter an, völlig perplex, er hatte wohl mit vielem gerechnet, aber nicht damit, dass ich es war, die hier nachts in der Abtei zugange war.

Schließlich streckte er mir die Hand hin und half mir auf die Beine. »Alles in Ordnung, Chiara? Was zum Teufel machst du hier?«

»Was ich hier mache? Nun, dich muss ich das ja wohl nicht fragen, oder?«

Er sah mich an, machte dann einen Schritt auf mich zu und ich wich zurück.

»Du weißt es?«, fragte er schließlich.

»Dass du hier nachts die Keller umgräbst? Ja, ja, ich weiß es.«

Er hob die Hand in meine Richtung und wieder wich ich etwas zurück. Ich hielt ihn für einen lieben, netten Kerl und war mir eigentlich sicher, dass er keiner Fliege etwas zu Leide tun konnte. Und wären wir jetzt zur Mittagszeit auf einer belebten Piazza gestanden, hätte ich meine Hand für ihn ins Feuer gelegt. Aber wir waren in einer absolut verlassenen alten Abtei. Niemand wusste, dass ich hier war, und irgendwie machte mir die Situation doch etwas Angst. Schließlich hatte er mit seinen Aktivitäten hier vermutlich bereits unzählige Gesetze verletzt.

Er bemerkte meine Angst und trat einen Schritt zurück. »Chiara, nein, nicht doch, bitte hab keine Angst. Ich würde dir doch nie etwas tun. Es ist eben vorbei jetzt, es ist gut.«

»Was verdammt hast du hier die ganzen Jahre gesucht? Ging es um die Artefakte? Du und der

Professore, die ihr euch angeblich kaum kennt, habt ihr das Zeug verkauft? War es das, was ihr wolltet?«

Er sah mich erstaunt an. »Du weißt von Carbone?«

»Ja, mir war klar, dass er da mit drin steckt. Ich war bei ihm, da habe ich zufällig die Unterlagen entdeckt, die er aus dem Stadtarchiv hat mitgehen lassen. Und als ich neulich am Strand war, habe ich euch gesehen, in seinem Garten. Wo ihr euch ja angeblich nicht kanntet.«

»Es ging nie um die Artefakte, Chiara, wirklich, ich würde so etwas nie tun, solche Sachen zu stehlen.«

»Worum ging es denn? Was hast du gesucht?«

Er sah mich eine Weile an, schluckte ein paar Mal und erzählte schließlich: »Okay, es ist ja eh egal jetzt. Mein Großvater war einer der Partisanen im Krieg, die sich hier in der Abtei in den Kellern versteckt hielten. Die Keller waren randvoll mit Waffen und Munition. Es war eines ihrer wichtigsten Nachschublager und fast keiner wusste davon, um sicherzustellen, dass niemand etwas an den Feind verriet.«

Ich nickte: »Ja, Simone hat mir das von den Partisanen erzählt.«

»Das Lager wurde tatsächlich nie entdeckt«, fuhr er fort, »aber mein Großvater geriet bei Kämpfen in Gefangenschaft und wurde ziemlich schwer verwundet. Nach dem Krieg ging es ihm nie mehr richtig gut. Die meiste Zeit fantasierte er irgendwelche Geschichten zusammen, er hat nie mehr begriffen, dass der Krieg aus war, für ihn war die Zeit einfach stehen geblieben. Aber ab und zu hatte er auch klare Momente. Und da erzählte er mir immer wieder von Kisten voller Gold. Viele Leute haben die Kämpfer damals unterstützt. Und die beste Währung, um während des Krieges Waffen zu beschaffen, war Gold. Er verriet mir, dass sie es in dem geheimen Teil der Abtei versteckt hätten. Und er sagte, ich solle es mir holen, bevor es jemand anders fand. Die wenigen, die überhaupt von der Abtei gewusst hatten, waren alle gefallen, er war also der einzige, der noch davon berichten konnte.« Er machte eine Pause und atmete schwer.

»Und du hast all die Jahre danach gesucht?«

»Ja. Fast mein ganzes Leben habe ich bald jede Nacht hier verbracht und danach gesucht.«

»Und die Artefakte?«

»Das war Zufall. Früher, als der Professore noch im Stadtarchiv arbeitete, kam er jeden Tag zu mir in die Bar, einmal nach dem Mittagessen auf einen caffè und einmal nach Dienstschluss auf ein Glas Wein für den Feierabend. Und da kamen wir ins Gespräch. Er erzählte mir immer wieder von der Abtei, das war sein Steckenpferd. Er war sich sicher, dass sie auf einem alten Römerquartier errichtet worden war und man viele Sachen unter ihr finden würde. Aber niemand hörte ihm zu. Außer mir. Ich lernte von ihm alles, was man nur wissen konnte, er hatte Zugang zu den Plänen, war in den Kellern gewesen, und so kam es dazu, dass ich so tat, als suche ich für ihn nach den Überresten des Quartiers. In Wirklichkeit suchte ich natürlich diese geheimen Keller, von denen mein Großvater gesprochen hatte. Ich stieß irgendwann durch Zufall auf die alten Sachen. Und ich wusste, würde ich das Gold je finden, dann wäre keine Zeit mehr, dann würde ich verschwinden. Also grub ich etwas davon aus und platzierte es in den Kisten. Das war ich dem Professore schuldig. Aber er weiß bis jetzt nichts davon. Mein Plan war, es ihm dann zu sagen, wenn ich mit dem Gold in Sicherheit wäre.

Irgendwie bedauerte ich ihn. All die Jahre der Suche, jede Nacht alleine in diesen Kellern, fast wie ein Gefangener.

»Es tut mir leid für dich, Francesco, dass es jetzt vorbei ist.«

Er zuckte mit den Schultern: »Ach weißt du, irgendwie bin ich fast ein wenig erleichtert. Vor vielen Jahren, als ich noch jung war, machte mir das sogar Spaß. Ich malte mir aus, was ich tun würde, wenn ich es fand, wohin ich gehen würde, was ich mir alles kaufen wollte. Nur mit den Jahren wurde es zur Last. Ich hatte schon viel zu viel Zeit und Arbeit investiert, um einfach aufzuhören. Ich verlor jedoch irgendwann den Glauben daran, dass ich es je finden würde. Und so machte ich einfach weiter, weil ich es so gewohnt war. Aber es war nicht mehr schön, nein, es war eine Last.«

Ich nickte, ich wusste, was er meinte. Und jetzt war es vorbei. Er dachte natürlich, der Gutachter würde das Gebäude Catalano zuschanzen, in Wirklichkeit waren es genau die von ihm gefundenen Artefakte, die das verhindern würden. Das Ergebnis war für ihn das gleiche, er konnte nicht mehr weitersuchen.

»Komm, Francesco, lass uns gehen. Vielleicht trinken wir noch ein Glas Wein in deiner Bar?«

Er nickte müde: »Ja, das ist eine gute Idee. Lass uns gehen.«

4.

Wir gingen quer durch die große Haupthalle, um wieder durch die kleinen Zimmer zurück zu dem Eingang zu kommen, an dem unsere Schlüssel passten. Francesco lief ein paar Schritte vor mir. Zum Glück tat mein Knie nicht mehr so weh, aber der lange Tag steckte mir in den Knochen und so schlurfte ich mehr als ich lief. Wir hatten die Halle ungefähr zur Hälfte durchquert, als ich an irgendetwas mit dem Fuß hängen blieb und stolperte. Ich wollte mich noch abfangen, was mit einem intakten Knie auch problemlos geklappt hätte, aber wieder knickte mir das Bein weg und ich lag am Boden. Ich fluchte leise, rappelte mich etwas hoch und schaute, über was ich da gestolpert war. Es war eine kreisförmige Erhebung auf einer der alten Bodenplatten. Sie war erstaunlich glatt und gleichmäßig dafür, dass die Platten an sich recht roh und uneben gefertigt waren. Ich griff danach, aber sie war fest mit der Platte verbunden, der Steinmetz hatte sie direkt mit eingearbeitet. Der Durchmesser war nicht groß, vielleicht vier oder sechs Zentimeter. Instinktiv leckte ich meinen Handballen an und wischte dann damit den Staub und Dreck weg. Dann hielt ich mit meiner Taschenlampe darauf und erkannte ganz deutlich wieder das Wappen, das auch außen an der Abtei gewesen war. »Das ist eine Markierung!«, dachte ich verwundert. Verdammt, sollte ich in letzter Sekunde einen Hinweis auf die geheimen Keller gefunden haben? Was sollte ich jetzt tun? Es Francesco sagen? Der würde darauf bestehen, hier sofort alles aufzugraben. Und damit wollte ich nichts zu tun haben. Es verschweigen, ihm vorenthalten, nach all den Jahren? Er war jetzt stehen geblieben, weil er gemerkt hatte, dass ich nicht nachkam. Ich musste eine Entscheidung treffen, und zwar schnell. Gleich würde er in meine Richtung sehen. Ich nahm meinen Autoschlüssel und legte ihn genau auf die kleine Erhebung, sprang auf und lief weiter.

Wir waren auf dem Vorplatz angekommen und standen in der Nähe meines Wagens.

»Soll ich dich mitnehmen?«, fragte ich ihn.

Er schüttelte den Kopf: »Nein, danke, ich habe mein Motorrad oben im Wald stehen.«

»Ist es eine Cross-Maschine?«

»Ja, genau. Ich habe sie etwas außerhalb des Dorfs versteckt. So hört mich dort niemand wegfahren und heimkommen.

Ich erinnerte mich an meinen ersten Besuch hier, als ich die Motorengeräusche im Wald gehört hatte und dachte, das seien ein paar Jugendliche.

»Okay, dann sehen wir uns gleich in der Bar?«

»Ja, bis gleich.«

Ich machte ein paar Schritte auf meinen Fiat zu und fluchte dann laut.

»Was ist los, Chiara?«

»Ich glaube, ich habe meine Autoschlüssel verloren. So ein Mist! Francesco, könntest du nochmal in der Abtei nachsehen, ich habe sie vielleicht verloren, als ich vorhin gestolpert bin, in der Haupthalle. Ich suche inzwischen hier alles ab?«

»Ja, klar«, sagte er leichthin und ging zurück in die Abtei.

Ich wartete, bis er durch die Türe verschwunden war, lehnte mich an mein Auto und zündete mir eine Zigarette an. Dass er die Schlüssel finden würde, war klar. Ob er das Wappen entdeckte - nun, das war wohl eine Fifty-fifty-Chance. Ich war gespannt, wie es ausging.

Als genug Zeit vergangen war und er jeden Moment wieder auftauchen würde, knipste ich meine Lampe an und tat so, als suchte ich den Boden nach meinem Schlüssel ab.

Schließlich kam er tatsächlich, schloss die Türe der Abtei und eilte mit federnden Schritten auf mich zu.

»Ich habe ihn!«, damit wedelte er mit dem Schlüssel vor mir herum. Ich tat so, als leuchtete ich auf seine Hände, aber ganz kurz ließ ich den Schein der Lampe in sein Gesicht wandern. Seine Augen glänzten wie im Fieber und seine Stirn war schweißbedeckt. Also hatte er das Wappen entdeckt, auf dem ich meinen Schlüssel platziert hatte.

»Oh, danke«, lächelte ich ihn an, »dann also bis gleich bei dir.« Damit drehte ich mich in Richtung Autotüre.

»Äh, Chiara, warte!«

»Ja?«

»Weißt du, eigentlich würde ich gerne noch ein bisschen hier bleiben. Ich möchte mich verabschieden… von der Abtei. All die Jahre, du verstehst, ich möchte noch etwas meinen Gedanken nachhängen …«

So in etwa hatte ich mir das schon gedacht. Ich nickte: »Klar, das verstehe ich gut, wirklich. Nimm dir die Zeit, die du brauchst.«

Ein paar Augenblicke standen wir unschlüssig da, dann machte ich einen Schritt auf ihn zu, umarmte ihn kurz, drückte ihm einen Kuss auf die Wange und flüsterte dabei in sein Ohr: »Ich wünsche dir alles Gute, Francesco.«

Dann drehte ich mich um, stieg endgültig in meinen Wagen und fuhr los.

5.

Ich hatte nicht wirklich eine Ahnung, wie ich die Zeit bis zum Morgen überbrücken sollte. Das Rathaus öffnete zwar früh, aber ich wollte nicht vor neun Uhr dort sein. In meine Wohnung zu gehen, war irgendwie keine Option, ich war viel zu unruhig und aufgewühlt. Ich war automatisch den Weg zurück nach Coresi gefahren und, wie schon einmal, stand ich plötzlich an der Abzweigung, die in den Ort führte und in die andere Richtung zum Meer. Ich zögerte keinen Moment und bog in Richtung Meer ab. Ich parkte in der Nähe der Bar, in der ich damals nach Professor Carbone gefragt hatte, und lief an den Strand. Die Nacht war unglaublich mild und die Sterne standen so plastisch und prall am Himmel, dass es schöner nicht hätte sein können. Ich lief zum Ufer und fand ein altes Holzboot, das umgedreht hier im Sand lag. Ich setzte mich darauf und dann schaute ich einfach nur aufs Meer hinaus, beobachte die Lichter der Fischerboote, die durch den Seegang auf und ab zu hüpfen schienen, ließ mich vom Rauschen der sanften Brandung in den Arm nehmen und dachte an gar nichts. Ich saß über Stunden so da, schaute einfach nur und kam ganz langsam wieder zu mir. Irgendwann begann der Himmel Feuer zu fangen, als sich die Sonne aus dem Meer schob. Ich blieb noch sitzen, bis es hell war, dann ging ich zurück zum Auto und fuhr nach Coresi.

Ich parkte, wie üblich, vor Francescos Bar. Zwei Männer standen davor und rüttelten an der Türe. Sie wollten ihr gewohntes Frühstück. Aber die Bar war dunkel und die Türe verschlossen. Die beiden schüttelten den Kopf und verschwanden. Das gleiche Schauspiel wiederholte sich noch ein paar Mal, aber die Bar war und blieb zu.

Ich ging in meine Wohnung und begann zu packen. Danach putzte ich alles auf Hochglanz, steckte das Geld für die Miete und meinen Schlüssel in ein

Kuvert und schrieb noch eine paar Zeilen an die Contessa, wie ich meine Vermieterin immer noch nannte, dazu. Der Lift beförderte meine Sachen nach unten, ich selbst nahm, wie immer, die Treppe. Im zweiten Stock machte ich kurz Halt und warf das Kuvert für Signora Palumbo in den Briefkasten des Hausmeisters.

Als ich meine Sachen im Wagen verstaute, brannte noch immer kein Licht in der Bar. Ich lächelte, scheinbar hatte er gefunden, wonach er so lange gesucht hatte.

6.

Ich stand vor dem Rathaus. Noch einmal ließ ich die gesamte Piazza auf mich wirken. Wie am Tag meiner Ankunft, als ich mich langsam im Kreis gedreht hatte, um alles in mich aufzunehmen. Ich atmete einmal tief durch, dann ging ich hinein und stieg in den dritten Stock, in dem sich das Büro des Bürgermeisters befand. Ich betrat, ohne anzuklopfen, das Vorzimmer, nickte der Sekretärin kurz zu, die erschrocken aufgesprungen war, und marschierte, ohne anzuhalten, weiter durch die nächste Türe in das Büro des Bürgermeisters. Der wollte gerade an seinem caffè nippen und starrte mich entgeistert an, als die Türe mit einem lauten Krachen gegen die Wand flog. Er stellte die Tasse vorsichtig ab und noch bevor er etwas erwidern konnte, baute ich mich direkt vor seinem Schreibtisch auf, legte die Pfeilspitze behutsam auf seine Tischplatte und sagte dann mit fester Stimme: »Guten Morgen. Geometra Chiara Maria Ravenna. Ich möchte eine Fundstätte melden.«

Epilog

Der Sommer war lang und heiß gewesen. Wie mir Lorenzo damals versprochen hatte, war ich rechtzeitig zum August zurück. Ich war wieder in mein kleines Haus am Meer gezogen. Es waren endlose und unbeschwerte Tage in diesem Sommer, tagsüber am Strand und abends mit Ausflügen in die Hügel, um etwas Abkühlung bei einem guten Abendessen zu finden. Ich ließ mich im Rhythmus der Natur treiben, ging oft früh schlafen und stand mit der Sonne auf. Es waren diese Tage, in denen man denkt, sie würden niemals enden, weil man sich einfach nicht vorstellen kann, irgendwann noch einmal etwas anderes zu machen, als sich völlig im Fluss mit sich selbst zu befinden.

Aber, wie jedes Jahr, wurden irgendwann die Schatten länger, der Tag ging früher und die Sonne stand später auf. Die ersten Freunde mussten abreisen, weil ihre Jobs auf sie warteten, und dann kommt immer dieser Tag, an den man lange nicht denken will, an dem es zum ersten Mal zu kühl wird, um zu schwimmen oder am Strand zu liegen, und man wehrt sich noch ein wenig dagegen, aber schließlich akzeptiert man es, und was bleibt sind die Erinnerungen, die man mitnimmt, in den Winter, und die einem Hoffnung geben, auf den nächsten Sommer, in dem sich dieses Unbeschwerte wiederfindet, und das ist letztlich das Glück, das man fühlt, die Erinnerungen an wundervolle Stunden.

Die erste Zeit nach meiner Rückkehr aus Coresi hatte ich, entgegen meiner Gewohnheit, noch jeden Tag die

Zeitung durchgesehen, ob ich irgendetwas fand, zu meiner Abtei. Aber der Ort war zu weit im Süden und zu klein, als dass es eine Meldung wert gewesen wäre, nur weil man ein paar alte Sachen dort ausgegraben hatte. Und irgendwann schaute ich nur noch alle paar Tage nach und die ganze Geschichte begann, in meiner Erinnerung zu verblassen. Andere Sachen wurden wichtiger und auch an Francesco dachte ich nicht mehr ganz so oft wie noch am Anfang.

Ende Oktober kamen die ersten Herbststürme, die den Winter ankündigten. Die Strände waren längst abgebaut und die letzten Touristen abgereist. Ich hatte in dieser Zeit immer wenig zu tun, niemand hatte Lust, jetzt, so spät im Jahr, noch eine Baustelle einzurichten. So saß ich selten im Büro und dafür um so öfter bei Paolo in der Bar, las dort, schrieb an Freunde und trank Wein - schweren roten Wein - der ein bisschen half, das Wetter nicht ganz so grässlich zu finden.

An einem besonders stürmischen Tag wurde Riccardo, unser Briefträger, förmlich in die Bar geblasen. Er triefte vom Regen, wuchtete seine Tasche, die noch ziemlich voll war mit Post, auf einen der Tische, fluchte ausgiebig und machte Paolo dann ein Zeichen, dass er ihm ein Glas Wein einschenkte.

»Ah, Chiara, ciao, wie geht's dir? Darf ich dir deine Post gleich geben?« Damit reichte er mir ein paar Briefe und einen dickeren Umschlag. Der Umschlag war schmutzig und etwas zerknittert. Der Poststempel war nicht zu entziffern und die Briefmarken bis zur Unkenntlichkeit ausgeblichen. Meine Postleitzahl war falsch, jemand hatte sie durchgestrichen und korrigiert, vermutlich war der Brief seit Wochen unterwegs an mich. Ich riss ihn auf, etwas Schweres war darin, eingepackt in eine Serviette. Ich wickelte es aus. Es war eine Goldmünze. Keine dieser Münzen, wie sie Banken ausgeben als Zahlungsmittel oder Sammlerstück. Die Münze war alt, hatte einige Kerben und ein Wappen, das ich nicht kannte. Ich schüttelte das Kuvert und ein Zettel fiel heraus. Es war ein Zettel, wie ihn Kellner in Restaurants verwenden, um die Bestellung aufzunehmen. Dieser hier war aus Francescos Bar. Es stand nur ein Wort darauf: »Grazie!« Ich musste lächeln, ein warmes Lächeln. Er hatte es also tatsächlich geschafft. Ich hatte mich oft gefragt, wohin er gegangen war. Manchmal stellte ich mir vor, wie er mit seinem alten Pick-up und den Kisten voller Gold runter an die Küste gefahren war, um ein Schiff nach Afrika zu nehmen. Ein andermal vermutete ich eher, dass er versucht hatte, in Richtung Asien zu verschwinden.

Ich steckte die Münze in meine Jackentasche, stopfte das Kuvert zu meinen Unterlagen, ich würde es später bei mir im Kamin verbrennen. Dann zahlte ich und ging hinaus in den Sturm und den Regen. Ich lief zur Piazza, auf der der große Brunnen stand. Ein paar Minuten dachte ich nochmals an meinen Sommer in Coresi, dann nahm ich die Goldmünze und warf sie in den Brunnen und dabei wünschte ich mir für Francesco, dass er das Richtige tun würde und, dass er damit umzugehen verstand, mit dieser Bürde, die ein paar Kisten Gold oft mit sich bringen.

Nachwort der Autorin

Als ich das vorliegende Buch ein letztes Mal vor der Veröffentlichung las, kamen, wie jedesmal, so viele Erinnerungen hoch. Ich weiß bei fast jeder Sequenz noch, an welchem Tag ich sie geschrieben habe, was ich dabei dachte, was ich gefühlt habe, welches Wetter war, in welcher Stimmung ich gewesen bin. Es ist eine wunderbare Erinnerung, und auch irgendwie immer ein Abschied, wenn ich ein Buch freigebe.

Diesmal hatte ich die Möglichkeit, fast jeden Tag zu schreiben, im Gegensatz zu den bisherigen Büchern, die ich immer "nebenbei" schreiben musste. Es waren viele Tage dabei, da saß ich den ganzen Tag vor einer leeren Seite, habe nicht eine Zeile geschafft. An anderen Tagen lief es gut, einmal habe ich sogar meinen persönlichen Rekord eingestellt. Wenn man diese Stunden am Rechner verbringt und nichts gelingt, hat man viel Zeit, um nachzudenken. Schreiben ist hart. Und es ist insofern grausam, weil man am Ende des Tages genau sieht, was man geleistet hat - oder eben auch nicht.
Aber jetzt, nach dem dritten Buch, das ich veröffentlicht habe, weiß ich eines ganz sicher. Ich liebe es! Ich bin süchtig danach, zu schreiben. Es ist wunderschön, jedes Buch eine Erfahrung, bei der man an seine Grenzen gehen kann - und doch auch so viel Schönes erlebt.
Und hatte ich mir zuvor noch so sehr geschworen, eine Pause einzulegen, so spüre ich schon jetzt wieder diesen Drang, in die Tastatur zu tippen und die nächste Geschichte auf den Weg zu bringen.

Ich habe viele Orte, aber vor allem auch verschiedenste Menschen, kennengelernt, die mich, zusammen mit einer traumhaften Location, dazu anregen, die jeweilige Geschichte - mit einer gewissen schriftstellerischen Freiheit - zu erzählen.
So plane ich gerade, Sie das nächste Mal zu einem spannenden Abenteuer auf Sizilien mitzunehmen. Wie so oft, prallten auch hier wieder die unterschiedlichsten Charaktere mit ihren jeweiligen Belangen aufeinander.

Ich freue mich darauf, wenn Sie mich auch dann wieder begleiten wollen.

Ihre

Chiara Ravenna

Ein weiteres spannendes Abenteuer können Sie auf Sizilien miterleben:

„La Siciliana - Die Sizilianerin"

Chiara bereitet sich gerade gelassen auf einen schönen Sommer in ihrer Heimat vor, als ihre Familie ein Anruf erreicht, der weit aus der Vergangenheit ihrer sizilianischen Wurzeln rührt.

Ein alter Mafiaboss liegt im Sterben und bittet Vittorio, Chiaras Vater, um einen letzten großen Gefallen. Doch Vittorio weigert sich, diese Bitte zu erfüllen. Zu tief sitzt, trotz ihrer Aussöhnung, noch der Schmerz, den ihm Carlos Inzigniano einst zugefügt hat. Als Chiara erkennt, welche Gefahr droht, wenn ein längst vergessen geglaubtes Geheimnis ihrer Familie ans Licht kommt, reist sie kurzentschlossen selbst nach Sizilien, um die Dinge dort im Sinne ihrer Familie zu regeln.

Weder Carlos noch die anderen Beteiligten sind zunächst bereit, ihr aller Schicksal in die Hände einer jungen Frau zu legen. So stößt sie auf eine Mauer des Schweigens und bekommt den Spott einiger junger Paten zu spüren, als sie versucht, Licht ins Dunkel zu bringen.

Eine alte Kirche, die restauriert werden soll, scheint der Schlüssel zu dem Geheimnis zu sein, um das sich alles dreht. Ein pensionierter Kommissar gibt Chiara genauso Rätsel auf wie viele andere, sehr spezielle, teils skurrile Charaktere, die versuchen, ihr den einen oder anderen Stein in den Weg zu legen.

Und obwohl es diesmal gilt, die Familie vor Unheil zu bewahren, lässt sie es sich, wie immer, nicht nehmen, quasi im Vorbeigehen, das eine oder andere bezaubernde Lokal zu entdecken, ein Glas Wein zu genießen und den Blick für die schönen Seiten ihrer Heimat nicht zu verlieren.

Schließlich findet sie in einem jungen Polizisten einen Verbündeten, der ihr hilft, ganz tief in der Vergangenheit zu graben und sich allen Herausforderungen zu stellen.

Chiaras sizilianisches Blut ist diesmal auf dem absoluten Siedepunkt. Am tiefsten Ursprung ihrer Wurzeln kommt sie an ihre Grenzen.

Mafia ist nicht lustig - und dennoch findet sie den Spagat zwischen nachdenklichen Tönen und dem notwendigen Augenzwinkern, als sie versucht, einem alten Paten seinen letzten Wunsch zu erfüllen.

Ein alter Pate, ein hartnäckiger Kommissar, ein ehrgeiziger Polizist. Die Hitze Siziliens, die sich in den engen Gassen staut, und kaum Luft zum Atmen lässt.

Chiara ist diesmal kurz davor, den Überblick zu verlieren, legt sich mit der Mafia an, trickst die Behörden aus und verliert um ein Haar ihr Herz. Begleiten Sie Chiara auf ihrer Reise nach Sizilien - in einen heißen Sommer, der nicht nur Hochspannung, sondern auch jede Menge Romantik verspricht.

- Das Buch „La Siciliana - Die Sizilianerin" ist erhältlich als Taschenbuch bei amazon und als ebook für KINDLE sowie als ibook im apple itunes Store und bei KOBO

Von Chiara Ravenna ebenfalls erschienen:

„iL Tedesco - Der Deutsche"

Chiara ist eine junge Italienerin, die auf einem Weingut in der Emilia Romagna, in Italien, aufgewachsen ist. In ihrem Roman erzählt sie ihre Geschichte, die, beeinflusst durch ein Erlebnis in ihrer frühen Jugend, immer wieder zu ereignisreichen Wendungen führt. Dazu kommt ein geheimnisvoller Mann aus der Vergangenheit, der plötzlich wieder auftaucht und die Familie zu bedrohen scheint.

Durch ihre deutsche Mutter hat Chiara die Sprache als einziges ihrer Geschwister gelernt. Das kommt ihr in ihrem Beruf als Architektin zugute. Sie restauriert alte Landhäuser in Italien, die meist von Deutschen gekauft werden.

Aber auch das „dolce vita", die langen Sommer, Tage am Meer und gutes italienisches Essen kommen nicht zu kurz. Chiaras ganz eigene Auffassung, wie man zum Beispiel einen heißen Sommertag gestalten sollte, nimmt den Leser mit auf eine amüsante Reise. Dort am Meer ist es auch, wo sie »il Tedesco«, den Deutschen, kennenlernt, der beginnt, ihr ganzes, von ihrer Familie durchgeplantes Leben auf den Kopf zu stellen.

Neben wunderbaren Einblicken in das „echte" italienische Leben, gibt es auch dramatische Abschnitte, die für genug Spannung sorgen, um dann wieder ein ausgiebiges Abendessen im Kreis einer italienischen Familie genießen zu dürfen.

Die Geschichte spielt in der Emilia Romagna und auf Sizilien und macht kurze Ausflüge in das Italien der

Generation vor Chiara, in eine Zeit, als ihre Eltern ihr Glück erst in der Ferne, ganz im Süden Italiens, suchen mussten, um es schließlich doch zu Hause zu finden.

Das Buch ist die oft heitere, aber auch spannende und zuweilen dramatische Geschichte einer jungen Frau, die zwischen den Traditionen einer alteingesessenen italienischen Großfamilie und dem Kampf um ihre Freiheit und ihr persönliches Glück viele Wege gehen muss. Dabei verliert sie jedoch nie ihren Humor und behält immer den Blick für die schönen und wichtigen Momente im Leben.

- Das Buch ,,iL Tedesco - Der Deutsche'' ist erhältlich als Taschenbuch bei amazon und als ebook für KINDLE sowie als ibook im apple itunes Store und bei Kobo

Die **Fortsetzung** von „iL Tedesco - Der Deutsche" ist unter dem Titel

„La Tedesca - Die Deutsche" erschienen:

Chiara Ravenna, Rotweinliebhaberin, Verfechterin des „dolce far niente", des süßen Nichtstuns, Genießerin der italienischen Küche, kommt nach Deutschland! In ihrem Roman erzählt sie von ihren Jahren fern der Heimat. Der ursprünglich nur auf ein bis zwei Monate angelegte Aufenthalt entpuppt sich für sie zunächst als Albtraum und einige aufregende Geschehnisse verhindern ihre baldige Rückkehr nach Italien.

Chiara, aufgewachsen auf einem Weingut in der Emilia Romagna, hat durch ihre deutsche Mutter die Sprache gelernt. Das kommt ihr in ihrem Beruf als Architektin zugute. Sie restauriert alte Landhäuser in Italien, die meist von Deutschen gekauft werden.

Für ein Arbeitsprojekt wird sie von ihrer Familie nach Deutschland geschickt. Ausgestattet mit einem Wortschatz, der fast komplett auf dem Stand der sechziger Jahre ist, völlig unerfahren, was Dinge wie Schnee und Kälte anbelangt, Rotwein und leichte italienische Küche liebend und gewohnt, recht entspannt auch mal ihr Büro einfach an den Strand zu verlegen, kollidiert ihr südländisches Temperament und ihre Auffassung von Organisation schnell mit ihrem neuen Umfeld.

Aber Chiara wäre nicht Chiara, würde sie nicht bald damit beginnen, ihre ganz eigenen Strategien gegen das Heimweh und die anfängliche Traurigkeit zu entwickeln. Und so fängt sie an, sich umzusehen, im Land ihrer Mutter, entdeckt plötzlich auch ihre eigene deutsche Seite an sich und kämpft sich mit einer guten Portion Humor durch alle Widrigkeiten. Ein betrügerischer Geschäftsführer, ein alter Mann, von dem sie nicht weiß, ob er mit der geheimnisvollen Vergangenheit ihrer Mutter zu tun hat, neue Freunde und fremde Bräuche. Zudem landet sie ausgerechnet in der Stadt, aus der ihre große Liebe, Dieter, den in Italien alle nur „il Tedesco", den Deutschen, nennen, stammt.

Verschnaufpausen bieten die kurzen Urlaube zuhause in Italien, in denen Chiara versucht, in wenigen Tagen all das nachzuholen, was ihr in Deutschland so fehlt. So läßt sie auch diesmal den Leser wieder teilhaben an ihrer Heimat, lauen Sommerabenden, Tagen am Meer, einem Drink auf der Piazza und ihren schon legendären Restaurantbesuchen.

Spannend bleibt es bis zum Schluß, denn Chiara verfolgt wie immer ihre ganz eigenen Pläne und ist auch bereit, sich gegen die Wünsche ihrer Familie zu behaupten.

„Sizilianisches Blut trifft seine deutschen Wurzeln". Oft heiter, zuweilen lustig, charmant, nachdenklich und spannend. Die Geschichte bietet alle Facetten, denn wenn Chiara eines besonders gut kann, dann auch einfach mal über sich selbst zu lachen und die Welt mit einem guten Glas Rotwein wieder gerade zu rücken.

- Das Buch „La Tedesca - Die Deutsche" ist erhältlich als Taschenbuch bei amazon und als ebook für KINDLE sowie als ibook im apple itunes Store und bei KOBO

Anhang 1:

Im Restaurant

Ich wurde in Deutschland immer wieder gefragt, wie
Italiener so viel essen können. Diese verschiedenen
Gänge einer Mahlzeit und deren Reihenfolge waren
immer wieder Thema in vielen Gesprächen. Daher
möchte ich dem interessierten Leser gerne einen
Leitfaden bieten, mit dem jeder Restaurantbesuch
zum Genuss wird.

Beim Betreten eines Lokals:

Es ist unüblich, sich seinen Platz selber zu suchen.
Einfach warten, bis ein Kellner kommt, der euch
einen Tisch vorschlägt. Diesen muss man natürlich
nicht sofort akzeptieren. Ein kurzes Zögern und
dabei den Wunschtisch ins Auge fassen, genügt fast
immer.

Italiener essen VIEL:

Ja, aber nicht immer! Nur weil im Reiseführer steht,
dass ein vernünftiges Menü aus einer großen
Nudelvorspeise, gefolgt von einem Hauptgang und
davor am besten noch ein paar Antipasti besteht,
erwartet niemand, dass man mehr isst, als man kann.
Es ist absolut üblich, sich zum Beispiel ein
Nudelgericht zu zweit als Vorspeise zu teilen, oder
auch das Hauptgericht, oder auch nur aus der Rubrik
Vorspeisen etwas auszuwählen. Kein Stress, da
meckert niemand.

Die Weinkarte:

Du bist Weinkenner und möchtest gerne gute Weine probieren. Ja, mach das! Auf dem Weingut um die Ecke. Im Lokal ignoriere ich die Weinkarte prinzipiell. Man bestellt 1/4 Liter (un quarto) oder 1/2 Liter (un mezzo). Diese offenen Weine sind vom Weinbauern in der Nähe, ehrlich, gut und entsprechend preisgünstig. Im Fischlokal nimmt man immer Weißwein, hier wird die Frage kommen »frizzante oder fermo« (leicht mit Kohlensäure versetzt oder still).

Die Flasche Wasser zum Essen ist obligatorisch, es wird auch nicht lange gefragt, ob man eine möchte, sondern nur, wie man sie haben will - still oder sprudelnd (naturale oder frizzante).

Und in der Pizzeria?

Die gute Pizzeria auf dem Land wird nur abends Pizza anbieten, da der Steinofen nicht zweimal am Tag angeschürt wird. Zur Pizza trinkt man in Italien übrigens Bier, Rotwein dazu ist eine deutsche Erfindung und in Italien absolut unüblich. Bier bekommt man (zu horrenden Preisen) in drei Größen: klein (piccola) 0,2 Liter, mittel (media) 0,4 Liter oder, aber bitte nur, wenn man zu mehreren ist, groß (grande) 1 Liter. Der Liter wird nicht, wie in Bayern üblich, im Maßkrug für einen Gast gebracht, sondern im Krug mit entsprechend vielen Gläsern, so dass sich alle am Tisch aus diesem Krug nachschenken können (das ist übrigens der Grund für die alkoholischen Ausfälle meiner Landsleute auf dem Münchner Oktoberfest, die sich nie vorstellen konnten, bei der Bestellung von einem Liter Bier dieses in EINEM Glas für EINE Person serviert zu bekommen).

Die Beilagen:

Anders als in Nordeuropa üblich, gibt es standardmäßig keine Beilagen zum Essen. Man kann diese, je nach Laune, separat bestellen, muss das aber nicht. Darin liegt auch das Geheimnis, nicht völlig überfressen aus dem Lokal zu wanken. Fisch und Fleisch alleine, ohne brutale Sättigungsbeilagen, sind viel leichter zu verdauen und machen auch nicht dick.

Die Speisenfolge:

Klingt blöd, aber die Speisenfolge ist nicht variabel. Zuerst Antipasti, kalt oder warm. Dann der erste Gang (il primo), normalerweise diverse Nudelgerichte. Zu Nudeln mit Fleisch oder Gemüse gehört Parmesan, der in der Regel unaufgefordert gebracht wird. Nudelgerichte mit Fisch bitte niemals damit bestreuen. Dann der zweite Gang (il secondo) - der Beilagen zulässt. Geheimtipp ist hier Salat oder Gemüse vom Grill, Pommes kann man schließlich in den diversen Schnellrestaurantketten essen. Nach dem Hauptgang kommt das Dessert (dolce). Kein Schnaps, kein Kaffee. Kein Dessert MIT Kaffee. Ich habe einen Wirt erlebt, da hatte ich schon den Espresso vor mir, sah am Nachbartisch ein Tiramisu, das ich einfach haben musste. Er brachte es und nahm den Kaffee wieder mit. Nach dem Süßen gibt's dann endlich Koffein. BITTE, und das meine ich ernst, keinen Cappuccino bestellen. Jedem Italiener dreht sich beim Gedanken daran der Magen um. Und zudem gilt es als grobe Beleidigung für den Wirt. Der Cappuccino ist ein Frühstückskaffee. Er macht satt. Ihn nach dem Essen zu ordern, signalisiert dem Koch, sein Essen war entweder zu wenig oder zu schlecht. Man bestellt einen caffè (= Espresso). Danach kommt dann zur Belohnung und zur Abrundung ein kleiner Grappa, Limoncello oder Likör.

Wichtig, die Reihenfolge ist einzuhalten, einen oder mehrere Gänge wegzulassen aber üblich.

Die Speisekarte:

Richtig gute Lokale haben gar keine. Weil sich der Koch nicht festlegen lässt, was ihm morgens auf dem Markt gefallen wird. Gibt es eine Karte, hat sie informativen Charakter. Ich habe schon Ausländer schier verzweifeln sehen, als sie versuchten, eine Übersetzung zu finden in ihren Wörterbüchern. Es gibt unzählige Namen für Gerichte, die sind nicht übersetzbar. Die sind regional. Ich muss selbst immerzu nachfragen, was was ist. »Fenchel nach Omas Art« oder »Wildschweinragout des Chefs« kann alles bedeuten. Wichtig vielleicht, vorher die Begriffe für Schwein, Rind, Lamm und Huhn nachschlagen. Dann hat man eine grobe Orientierung.

Die Rechnung:

In den meisten Lokalen geht man mit der Rechnung an die Kasse und zahlt dort, ganz selten direkt am Tisch. Die Rechnung beläuft sich auf 56 € und ihr sagt, wie in Deutschland gewohnt, »mach 60«, ihr werdet dennoch Wechselgeld auf 56 zurück bekommen. Warum? Ganz einfach. Trinkgeld ist völlig unüblich. Auch wenn das immer wieder pauschal im Reiseführer steht. In Touristenzentren ist das Trinkgeld über das »Gedeck« (coperto) bezahlt, in Lokalen, in denen üblicherweise nur Einheimische verkehren, wird keines gegeben. Wer damit nicht leben mag, lässt beim Gehen sein Trinkgeld auf dem Tisch liegen oder gibt es direkt seinem Kellner. Übrigens, Italiener in einer Gruppe zahlen gemeinsam, das heißt, die Rechnung wird einfach durch die Anzahl der Gruppe geteilt, ohne viel herumzurechnen.

Kleine Extras:

Rauchen ist in Italien überall verboten, es gibt auch keine Raucherlokale. Aber jeder Wirt hat irgendwo draußen eine gemütliche Lounge dafür bereitgestellt. Wenn ihr die Toilette sucht, einfach nach dem »Bagno« (sprich banjo) fragen.

So, bestens gerüstet, wird es Zeit, ein paar Lokale auszuprobieren. Sie sind neugierig auf meine Lieblingslokale in Italien? Auf meinem Blog und bei foursquare aktualisiere ich regelmäßig meine Restaurantlisten. Die Adressen stehen am Anfang des Buchs.

Anhang 2:

<u>Ort der Handlung:</u> Coresi und Rizzo in Süditalien

<u>Personen im Buch:</u>

Chiara Ravenna: Verfasserin
Paolo: Inhaber der Bar (bei Ravenna)
Mario: Besitzer der Strandbar (bei Ravenna)
Lorenzo Rossi: Ingenieur und Chiaras ehemaliger Dozent an der Uni
Ignazio Benedetti: Angestellter im Rathaus von Coresi, zuständiger Sachbearbeiter
Francesco: Inhaber der Bar auf der Piazza in Coresi
Ferrandina Palumbo: Vermieterin in Coresi
Salvatore: Restaurantbesitzer im Dorf
Fabrizio: Wirt Agriturismo nahe der Abtei (»La Bussola«)
Sabatino Brosca: alter Mann in der Bar beim Zigarettenkauf, Sohn von Mauro Brosca (Gitter)
Maria Brosca: Ehefrau von Sabatino
Mauro Brosca: Vater von Sabatino
Paolo: Cousin von Francesco (Kellner im Restaurant am Meer)
Giulio Carbone: »Professore«, ehemaliger Leiter Stadtarchiv von Coresi
Antonio Scarpeletti: Sohn eines Mafiabosses (Schießerei vor Kirche)
Simone: Dorfpolizist
Vincenzo Catalano: Bauunternehmer und Schwager von Ignazio Benedetti
Riccardo: Briefträger

Hinweis:

Die Geschichte basiert auf einer wahren Begebenheit, jedoch habe ich mir gewisse schriftstellerische Freiheiten beim Ausschmücken herausgenommen. Orte und Namen von Personen, gerade auch außerhalb meiner Familie, wurden abgeändert. Sollte dabei bei Namen oder Beschreibungen eine Übereinstimmung mit einer realen Person oder einem Ort bestehen, so ist diese Übereinstimmung rein zufällig und nicht beabsichtigt.

Printed in Poland
by Amazon Fulfillment
Poland Sp. z o.o., Wrocław

79680776R00116